어쩌면 당신이 원했던

MYSTERY CIVILIZATION

I 풀지 못한 문명

어쩌면 당신이 원했던

MYSTERY CIVILIZATION

I 풀지 못한 문명

미스터리 문명

김만철의 미스터리 지음

Booksgo

인간의 문명은
처음이 아닐지도 모른다

2021년, 유튜브에 '김반월의 미스터리'라는 채널을 개설했다. '김반월의 미스터리'는 우주 미스터리를 비롯해 초고대 미스터리 등 다양한 미스터리를 다루었으며, 그중에서 가장 많은 사랑을 받았던 장르가 '지구 리셋설'이다.

지구 리셋설이란 먼 옛날부터 인류 문명은 핵전쟁과 같은 이유로 멸망과 탄생을 계속해서 반복 중이며, 우리의 문명 또한 n번째 문명이라는 가설이다. 그리고 당시 수백 수천만 년 전에 존재했던 고도의 문명을 초고대 문명이라 칭한다. 허무맹랑한 소리라 생각할 수 있지만 전혀 그렇지 않다. 실제로도 초고대 문명의 증거는 수도 없이 많고, 현재까지도 끊임없이 발견되고 있다.

당대의 기술력으로는 절대로 존재할 수 없는 유물, 시대를 초월한 유물을 일명 '오파츠'라 부른다. 현재까지 발견된 오파츠의 개수만 해도 최소 수백 개에 달한다.

만약 먼 훗날 우리의 문명이 전염병이나 운석 충돌, 전쟁 등으로 멸망하게 된다면 과연 지구별 안에서 지적 생명체는 영원히 사라지게 될까?

절대 그렇지 않을 것이라 확신한다. 지구라는 환경에서 인간과 같은 지능을 가진 생명체가 필연적으로 탄생할 것이고, 반드시 언젠간 우리의 뒤를 이을 또 다른 문명을 만들 것이다.

이는 반대로 우리의 문명 또한 처음이 아닐 가능성이 높다는 의미가 된다.

지구의 나이가 몇 살인지 아는가? 무려 46억 년이다. 그에 반해 우리 인류의 나이를 계산해 보자면, 인류의 조상 호모 사피엔스의 탄생은 길게 봐야 20만 년이다. 이후 최초의 문명인 수메르 문명이 발생한 시점은 고작 6,000년 전에 불과하다. 현생인류의 역사가 굉장히 길다고 생각할 수도 있지만, 따지고 보면 농경을 막 시작했던 신석기 시대부터 전기차를 타고 다니는 21세기 현재까지 고작 1만 년도 채 안 되는 시간이다.

우리의 역사는 지구 전체의 역사로 보면 정말 티끌만큼 작은 시간이다. 과연 우리 문명이 탄생하기 이전인 45억 9천 9백 9십 9만 년 동안의 지구에는 우리가 모르는 어떤 일들이 일어났을까? 정말 우리가 지구 최초의 인류일까? 지금부터 이 책에서는 고대 오파츠와 초고대 오파츠를 더불어 다양한 미스터리를 다룰 예정이다.

1장에서는 현대의 과학 기술로도 해석할 수 없는 고대의 오파츠와 로스트 테크놀로지, 2장에서는 지구가 리셋되었다는 증거를 모아둔 지구 리셋설, 3장에서는 어쩌면 우리 곁에 있을지도 모르는 외계 문명을 다룬다.

김반월의 미스터리

2장 지구 리셋설

3장   외계 문명의 흔적

시대를 벗어난 기술

2,000년 전
천체를 관측한 장치

오파츠

Out-of-Place Artifacts의 줄임말인 오파츠는 말 그대로 시대를 벗어난 유물을 뜻한다. 과거의 과학 기술보다 월등히 높은 수준의 비정상적인 물건을 의미한다. 세계에는 고대에 사용한 배터리, 1억 년 된 손가락 화석, 정밀한 조각품 등 다양한 오파츠가 존재한다. 당대에 존재하면 안 되는 물건의 이야기를 들으며, 미스터리를 파헤쳐 보자.

난파선을 발견하다

1900년 에게해를 항해 중이던 디미트리오스 콘도스 선장의 선박이 위기에 처한다. 갑작스럽게 찾아온 폭풍우는 콘도스 선장과 선원의 생명을 위협했고 그들은 결국 어쩔 수 없이 근처 안티키테라섬에 정박했다.

문제는 거기서 끝나지 않았다. 폭풍우에 휩쓸려 선박에 실린 식량마저 몽땅 잃어버렸다. 그들은 어쩔 수 없이 번갈아 가며 직접 바다로 들어가 식량을 구하게 된다.

"선장님, 이것 좀 보시죠. 바다의 신이 아무래도 저희를 위해 폭풍우를 내려 주신 것 같습니다!"

콘도스 선장은 선원 엘리어스의 말에 어안이 벙벙했다. 먹을게 없어 아사할 판국에 실없는 농담 따먹기나 하다니 경을 칠일이었다. 하지만 엘리어스가 쥐었던 주먹을 펴자 눈을 비빌 수밖에 없었다.

"이 섬의 바다 밑에 보석과 수많은 유물이 잔뜩 있습니다!"

엘리어스의 말처럼 안티키테라섬 주변 해역 수심 45m 부근에는 고대 그리스의 난파선이 잠들어 있었다. 난파선은 청동과 대리석으로 만들어진 조각상과 도자기, 보석과 수많은 고대 유물을 품고 있었고, 콘도스는 폭풍우가 가시자마자 곧장 그리스로 향해 이 사실을 보고했다.

이에 그리스 왕국은 왕립 해군을 파견하여 해저 유물을 인양하기 시작했다. 1900년에 시작된 조사는 1901년까지 이어졌고, 약 2년간의 조사 끝에 30개의 유물이 그리스 아테네 국립고고학박물관으로 옮겨졌다.

수상한 톱니바퀴

　1902년 5월 고고학자 발레이오 스티스는 난파선의 추가 조사를 진행하던 중 독특한 유물을 하나 발견한다. 형태만 간신히 알아볼 수 있을 정도로 부식이 진행된 하나의 청동 톱니바퀴였다. 표면에 적힌 그리스어 비문 외에는 용도와 제작연대를 알아볼 수 있는 어떠한 사료도 없었다. 그렇기에 스티스는 이 청동 톱니바퀴에 인양된 지역의 이름을 따 안티키테라 기계라고 이름을 붙여 주었다.

　스티스의 발견은 큰 주목을 받지 못하였고, 스티스 역시 대수롭지 않게 생각했다. 그도 그럴 것이 난파선에서 발견된 다양한 유물에 비해 안티키테라 기계는 고작 조그마했고, 심지어

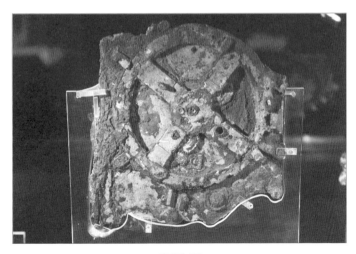

안티키테라

한참 부식이 되어 형태만 고작 알아볼 수 있었기 때문이다. 당시의 기술력으로는 안티키테라 기계가 언제 만들어졌는지, 어디에 쓰였는지 알 수 없었고 그렇게 안티키테라 기계는 수면 아래로 가라앉게 된다.

70여 년이 흐른 1977년, 프랑스의 잠수부 자크 쿠스토가 꾸린 잠수팀이 안티키테라섬을 향했다. 70여 년이라는 세월이 흐른 만큼 탐사대는 과거에 비해 다양한 사지식을 습득한 상태였고, 여러 번의 잠수 끝에 난파선의 연대를 추정할만한 중요한 단서를 굉장히 많이 찾을 수 있었다.

그중에서도 가장 유의미한 단서는 바로 고대 그리스에서 사용되던 주화를 발견한 것이었다. 약 2,000년 전 그리스 페르가몬에서 만들어진 것으로 추정되는 고대 그리스의 주화를 통해 안티키테라의 난파선이 난파된 시기가 약 2,000년 전이라는 것을 알 수 있었고, 난파선에서 발견된 유물 역시 같은 연대의 유물이란 것을 알 수 있었다.

안티키테라는 천체 관측 장치다

안티키테라 기계 역시 2,000년 전에 제작된 것임을 확인할 수 있다. 약 20여 년 전인 1951년 영국으로 돌아가 보자. 당시 예일대의 교수였던 데릭 솔라 프라이스는 안티키테라 기계에

지대한 관심이 있었다. 그도 그럴 것이 안티키테라 기계의 외형이 매우 복잡했고 내부는 그 누구도 알지 못했기 때문이다. 그렇기에 프라이스 교수는 그의 동료 카라칼로스 교수와 함께 82개의 안티키테라 기계 조각을 엑스레이와 감마선을 통해 검사하게 된다.

그 후 작성된 2명의 교수의 논문은 놀라웠다. 1954년과 1973년 두 차례에 걸쳐 발표된 논문의 주요 내용을 살펴보자.

'안티키테라 장치는 세 가지의 주요 다이얼로 구성되어 있다. 앞면의 다이얼에는 2개의 눈금 바늘과 25개의 톱니바퀴로 구성된 매우 복잡한 기계 장치다. 최초 발견 당시 외부가 나무 박스로 포장되어 있었기에 이 기계는 어떠한 장치의 부품으로 사용되었을 가능성이 매우 높다. 우리는 조심스레 이것을 아날로그식 천체 관측용 컴퓨터였을 것으로 추정한다.'

2005년 아테네 조사팀은 1973년에 프라이스 교수의 논문 내용이 모두 사실이었음을 입증했다. 조사팀은 안티키테라 기계의 내부 구조를 정밀 분석한 결과 이 기계는 태양과 달 그리고 행성들의 움직임을 계산하는 고도의 천체 관측 장치임이 확실하다고 발표했다.

그리고 6년이 지난 2021년, 유니버시티 칼리지 런던 UCL 연구팀은 안티키테라 기계의 모든 조각을 복원하는 데 성공하였고, 이내 안티키테라 기계의 완전한 모습을 확인할 수 있었다. 이 사실은 네이처사의 사이언피틱 리포트에도 실리게 되면서 많은 대중의 관심을 이끌었다.

기본적으로 안티키테라 장치는 70여 개의 톱니바퀴가 정교하게 맞물리도록 설계되어 있었으며, 우측의 밸브를 통해 날짜를 설정하면 그날의 해와 달 그리고 천체의 위치를 알려 준다. 또한 앞면의 다이얼은 중앙에 있는 지구를 중심으로 달의 위치와 모양을 표시해 주며, 태양계에 존재하는 행성의 위치와 양력 날짜를 나타낸다.

심지어 4년에 한 번씩 2월에 하루가 더해지는 윤년의 개념도 존재하여 다이얼이 4년마다 하루씩 늦게 회전되도록 설계되었다. 참고로 2,000년 전에는 윤년의 개념이 없었음에도 불구하고 말이다.

뒷면에는 2개의 큰 다이얼과 3개의 작은 다이얼로 구성되어 있으며 큰 다이얼의 톱니 수는 각각 235개와 223개로 이것은 양력과 음력이 일치하는 메톤주기의 235개월, 일식과 월식의 주기인 223개월을 나타낸다.

우주의 주기를 계산한 고대인

고대인은 안티키테라 기계를 통해 2,000년 전, 즉 기원전 1세기에 일식을 정확히 계산했을 뿐만 아니라 금성의 주기 462년, 토성의 주기 442년, 고대 그리스의 올림피아 제전(현대의 올림픽)의 날짜까지 정확히 알고 있었다는 사실이 놀랍다.

여기서 잊어서는 안 될 점이 하나 있다. 안티키테라 기계를 최초 발견한 건 100여 년 전이지만 안티키테라 기계가 제작된 건 2,000여 년 전이라는 사실이다. 안티키테라 기계를 최초로 발견했던 100여 년 전만 해도 당시에는 기계에 대해 어떤 추측조차 하지 못했다. 그런데 이런 물건을 무려 2,000년 전에 만들었다는 것은 무언가 이상하지 않은가?

역사 발전학적으로 보았을 때 모든 문명은 선대로부터 정보를 습득하고, 또 후대로 기술을 전파하며 점차 발전해 나간다. 그러한 관점에서 볼 때 안티키테라 장치는 마치 어느 날 하늘에서 툭 하고 떨어지기라도 한 것 같은 미스터리한 유물이다.

세계를 떠돈 증거물, 원반

신비의 청동 원반

하늘 아래 그 어떤 비밀도 숨길 수 없었던 것일까? 오랜 시간 흐르며 잊혔던 진실이 드디어 세상에 모습을 드러냈다. 바로 1999년, 도굴꾼들에 의해 독일 미텔베르크 시골에서 발견된 신비의 청동 원반 말이다.

'이런 물건을 어찌 묻어 두었단 말인가? 이게 웬 유물인지…'

원반을 손에 쥔 도굴꾼들은 당장 눈에 띄는 태양과 달 그리고 32개의 별자리 장식에 넋을 잃고 말았다. 게다가 금으로 치장된 원반의 외관은 너무나 화려하여, 이들 또한 이 물건의 가치를 쉽사리 가늠할 수 없었다.

곧바로 암시장에 내다 팔린 원반은 여러 주인을 거치며 그

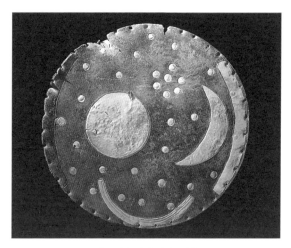

네브라 스카이 디스크 (1)

소문이 퍼져 나갔다. 결국 정부까지 소문이 들려왔고, 정부는 고고학자 레논 교수와 함께 호텔 바에서 이뤄진 한바탕의 작전 끝에 원반은 겨우 되찾아졌다.

전문가들의 분석 결과는 놀랍게도 이 원반은 3,600년 전 청동기 시대에 제작된 것으로 드러났다. 중앙에는 태양과 달, 플레이아데스성단을 나타내는 7개 별까지 그려져 있었다. 당시로서는 상상하기 힘든 천문 지식이 고스란히 담긴 것이다.

'게다가 이 원반의 양쪽 원호는 당시 미텔베르크의 하지와 동지 일몰 각도와 정확히 일치하는데…'

나아가 가장자리의 40개 홈은 1년을 40주기로 나눈 농사력과 관련된 것으로 추측되었다. 너무나 정교한 제작 수준에 모두

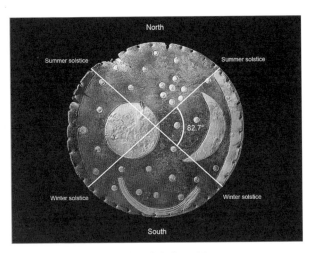

네브라 스카이 디스크 (2)

가 경탄할 수밖에 없었다. 하지만 미스터리는 여기서 그치지 않았다. 원반을 구성하는 재료들의 원산지가 드러나면서 진실은 점점 더 심오해져만 갔다. 청동은 알프스산맥에서, 금은 영국 콘월반도에서 왔다는 분석 결과가 나왔기 때문이다.

이는 곧 당시 유럽 전역에 광범위한 교역망이 형성되어 있었음을 의미했다. 단순한 물품 교환을 넘어 지식과 사상까지 활발히 유통되고 있었다는 것이다. 더구나 이 원반 아랫부분의 작은 원호는 이집트의 태양배를 형상화한 것으로 추정되었다.

고대 외계인

점점 더 의문은 깊어져만 갔다. 아니나 다를까 일부에서는 이 원반이 고대 외계인의 소행일지도 모른다는 주장까지 나왔다.

하지만 이런 의심들은 원반 표면의 녹청 상태를 통해 곧바로 가라앉았다. 전문가들에 따르면 이 정도의 녹청은 인공적으로 절대 만들어 낼 수 없는 자연산화의 결과였다.

"이 원반은 분명 고대에 제작된 진품입니다. 우리가 알고 있는 고대 문명의 수준을 뛰어넘는 천문학 지식이 담겨 있다는 게 놀라울 따름입니다."

네브라 스카이 디스크는 그렇게 '20세기 최고의 고고학적 발견'으로 공인되었다. 유네스코 세계문화유산에도 등재되며 전 세계에 그 명성을 알렸다.

"하나같이 놀라운 수준의 천문학 지식이 녹아 있습니다. 당시 인류가 이런 지적 능력을 지녔다고는 상상하기 어렵지 않습니까? 또 이 원반 재료의 원산지가 알프스와 영국이라니, 당시에도 유럽 전역에 교역로가 있었다는 뜻 아닙니까? 그렇다면 지식과 문화 교류도 활발했을 겁니다."

원반 재료의 원산지 분석을 통해 당시 유럽에 광범위한 문화 교류망이 형성되어 있었음이 확인되었다. 이는 고대 문명이 우리가 생각했던 것보다 훨씬 발달되어 있었을 가능성을 시사한다. 게다가 이집트 신화의 태양배 문양이 있으니, 이는 종교 관넘이 전파되었다는 것 역시 의미한다.

원반 하단의 태양배 문양에서 알 수 있듯, 고대 유럽과 이집트 문명 간에도 상호 교류가 있었던 것으로 보인다. 서로 다른 문명권 간의 활발한 지식 교환이 이루어진 것이다.

가장자리 40개의 홈

네브라 스카이 디스크의 수수께끼는 끝이 없어 보인다. 이 작은 원반 하나에서 우리는 예상치 못한 진실을 마주하게 되었다.

"원반 가장자리의 40개 홈은 한 해를 40주기로 나눈 농사력과 관련이 있다고들 하는데, 정확한 의미가 무엇인지는 여전히 미스터리입니다."

가장자리 홈의 정확한 기능과 의미에 대해서는 아직 명확한 해답이 없다. 고대인들의 독특한 시간 개념이 반영되어 있을 가능성도 있겠지만, 그 너머의 의미가 있을 수도 있다.

"원반 표면의 녹청 상태를 보면 이것이 진품임이 틀림없습니다. 하지만 이렇게 정교한 천문 지식을 가진 문명이 어디에서 왔을까요?"

고대 청동기 시대에 이미 이렇게 발달된 천문학 지식을 갖춘 문명이 존재했다는 사실 자체가 의문스럽다. 현재 우리가 알고 있는 고대 문명의 수준을 완전히 뛰어넘는 기술이었던 것이다.

과연 3,600년 전 청동기 시대의 어느 문명이 이렇게 정교한 천문반을 만들어 낼 수 있었을까? 아니면 지구 밖의 다른 존재가 관여했을 가능성은 없었을까?

원반의 장식 무늬를 자세히 보면 플레이아데스성단뿐만 아니라 다른 별자리들도 표현되어 있는 것을 확인할 수 있다. 그런데 그 위치가 지구상의 위치와는 다르다.

일부 전문가들은 이 별자리들의 배치가 지구가 아닌 다른 곳에서 관측한 것 같다는 의견을 내놓기도 했다. 놀랍게도 외계 문명의 존재 가능성이 제기된 것이다.

"어쩌면 이 원반은 지구 외부의 다른 문명, 즉 외계 문명의 소산일지도 모릅니다."

일부에서는 네브라 디스크가 지구 문명의 산물이 아닌 외계 문명의 유산일 가능성을 제기하기도 한다. 별자리 배치 등이 지구와 다른 행성에서 관측한 것처럼 보인다는 점이 그 근거가 된다.

"아니면 인류 문명의 기원이 지하세계에 있었던 건 아닐까요? 이 원반이 그 증거일지도 모르죠."

혹자는 인류 문명의 기원이 지하세계에 있었을 가능성을 내비친다. 지구 내부에 선진 문명이 존재했고, 그들의 지식이 이 원반에 담겨 있다는 가설이다.

네브라 스카이 디스크의 미스터리는 점점 더 깊어만 간다.

네브라 스카이 디스크의 기하학적 형상

"원반 표면의 문양들을 자세히 들여다보면, 마치 우주선과도 같은 기하학적 형상이 보입니다. 도대체 무엇을 의미하는 것일까요?"

표면의 정교한 문양들 사이에서 우리는 낯선 형상들을 발견한다. 기하학적 도형들이 마치 우주선 같은 물체를 연상시키는 것이다. 그 의미가 무엇인지 아무도 모른다.

"원반 전체를 바라보면 중앙의 태양이 마치 우주 중력렌즈를 통과한 것 같이 보이는데, 이것 역시 상당히 의문스럽습니다."

중앙의 태양 모습 또한 수수께끼투성이다. 마치 우주의 중력 렌즈를 통과한 듯한 형상을 하고 있는데, 이는 고대인들이 중력 렌즈 현상을 알고 있었다는 의미일까? 아니면 이 모든 게 단순히 예술적 조형일 뿐일까?

반대로 우리가 이 원반에 지나치게 많은 의미를 부여하고 있는 건 아닐까? 단지 예술적 조형일 뿐이라면 우리의 해석은 지나친 것일 수도 있다.

"하지만 설령 그렇다고 해도, 이 정도의 정교한 천문 지식을 갖춘 문명이 고대에 존재했다는 건 의심의 여지가 없습니다."

하지만 어떤 해석이 맞든 간에 이 원반이 보여 주는 천문학적 지식 수준은 실로 경이롭기 그지없다. 고대에 이렇게 발달한 문명이 존재했다는 사실 자체가 의심스러울 수밖에 없다.

만약 그렇다면 이 정도 수준의 천문 지식을 갖춘 문명은 어디에서 왔을까? 아니면 인류가 아닌 다른 존재의 소산일까?

4,000년 전에 존재한 인쇄술

미노스 궁전

1908년, 이탈리아의 한 고고학자는 그리스 크레타섬에 남겨진 고대 미노아 문명을 조사하기 위해 섬 중앙에 있는 미노스 궁전 제1 지하창고를 탐사한다. 그러던 중 굉장히 기이한 유물 하나를 발견하게 된다.

'이건 뭐지…? 처음 보는 형태의 유물인데 이게 왜 여기에 있지?'

유물은 창고 안을 빼곡히 채우고 있는 수많은 고문서 사이에 마치 누군가 숨기기라도 한 듯 비밀스럽게 놓여 있었다. 그 덕분일까, 보존 상태는 주변의 다른 유물에 비해 매우 뛰어난 상태였다.

미노스 궁전

　마치 현대의 CD를 연상케 하는 동그란 모양의 원반 양쪽 면에는 생전 처음 보는 고대 상형 문자가 빼곡히 새겨져 있었다. 또 단단하긴 얼마나 단단한지 실수로 땅에 떨어뜨려도 흠집 하나 생기지 않을 것 같았다. 박사는 도무지 이 상황을 이해할 수 없었다. 이제껏 자신이 연구해 온 모든 역사가 부정당하는 느낌이라고 해야 할까?

　다년간 미노아 문명을 연구해 오던 박사는 단번에 이 유물이 예사롭지 않은 물건임을 눈치챘고, 결국 그는 이를 자신의 연구실로 가져가 조금 더 면밀한 조사를 진행하기로 한다.

　'잠깐! 그게 무슨 소리야. 이탈리아 고고학자가 그리스의 유물을 어떻게 가져가? 도둑질이라도 했다는 거야?'

파에스토스 원반 (1)

당연히 그런 것은 아니다. 당시 그리스와 이탈리아는 서로 고고학 연구에 긴밀히 협력하던 사이였는데, 이 발견 또한 국제적인 공식 허가를 받았던 발굴 작업이었기 때문에 별다른 요청 없이 개인적인 연구가 가능했다고 한다.

'그건 그렇고 내 눈엔 딱히 특별해 보이진 않는데, 파에스토스 원반이 왜 오파츠야?'

파에스토스 원반의 가장 의아한 미스터리는 바로 유물의 제작 시기라고 할 수 있다. 쉽게 말해 이 원반은 당시의 기술력보다 월등히 높은 수준의 유물이라는 것이다. 먼저 해당 원반이 발견되었던 미노아 문명은 기원전 1700년, 지금으로부터 약 4,000년 전에 흥성했던 문명이다. 이는 즉 이곳에서 발견된 괴상한 원반의 제작연대 또한 최소 4,000년 이상 되었음을 의미하기도 한다.

'고작 4,000년 전? 내가 알기론 이미 그보다 더 오래된 메소포타미아 문명에서도 이러한 점토판을 활용한 기록 매체가 존재했던 것으로 아는데?'

물론 다른 일반적인 유물들처럼 단순히 점토판 위에 무언가 새겨져 있기만 했던 것이라면 별로 놀랍지 않을 것이다. 하지만 여기서 우리는 파에스토스 원반에 새겨진 문자의 기록 방식을 한번 자세히 들여다볼 필요가 있다.

파에스토스 원반에 기록된 문자들은 단순히 우리가 종이에 글을 쓰듯 뾰족한 물체 따위로 대충 그려 넣은 것이 아니다. 놀라운 점은 바로 완벽한 '인쇄술'이 사용되었던 것이다. 쉽게 말

파에스토스 원반 (2)

해 파에스토스 원반은 상형 문자 형태의 '도장'을 먼저 제작한 후, 그 도장을 젖은 점토판 위에 찍어 불에 구워내는 방식으로 제작했다. 그리고 이러한 방식은 현재 학계에서 말하는 '인쇄의 개념'과 정확히 일치한다. 믿기 힘든 것은 4,000년 전에는 인쇄의 개념 자체가 없었을뿐더러 기껏해야 뾰족한 물체로 점토를 파내고 말리는 정도가 다였다는 점이다.

역사에 기록된 최초의 인쇄물은 불과 1,000년 전에 제작된 독일의 '플루페닝 고문서'다. 그리고 이 플루페닝 고문서와 파에스토스 원반 사이에는 무려 3,000년이라는 긴 시간이 존재한다. 수천 년의 기술력을 앞서간 파에스토스 원반, 이것이 바로 오파츠라 불리는 이유다.

'그럼 이제 최초의 인쇄물은 파에스토스 원반으로 바뀌는 건가?'

물론 '최초의 인쇄물'이라는 타이틀은 언제든지 수정만 하면 그만이겠지만, 사실 역사라는 게 딸랑 이 원반 하나만 놓고 모든 것을 결정할 수는 없지 않겠는가?

파에스토스 원반이 4,000년 전의 유적에서 발견된 유물이고, 거기에 인쇄술이 포함되어 있다고 해서 인쇄술이 4,000년 전부터 존재했다고 단언할 수는 없다. 그 시대의 기술력을 일반화 시키기 위해서는 단 하나의 유물이 아닌 여러 가지 데이터가 필요하다. 가령 동시대에서 발견된 비슷한 유물들이라든지 또 선대나 후대로부터의 기술 계승의 흔적(인쇄술의 발전 과정) 등 고려해야 할 부분이 상당히 많은데, 문제는 미노아 문명

이후 약 3,000년간 전 세계 어디에서도 이런 인쇄술이 포함된 유물은 발견되지 않았다는 것이다.

파에스토스 속 상형 문자

단지 한 가지 확실한 건 이 파에스토스 원반에 쓰인 상형 문자들은 전 세계에 현존하는 어떠한 문자 양식과 비교해 봐도 공통점이 전혀 없다는 것이다. 이 때문에 수많은 언어학자는 원반의 용도를 알아내기 위해 문자의 내용을 해독하려 시도했지만, 역시나 학자들마다 해독 결과가 너무 달라 딱히 신빙성 있는 가설은 없었다.

어떤 학자는 달력이다, 또 어떤 학자는 애들이 가지고 놀던

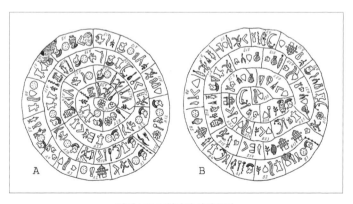

파에스토스 원반의 상형 문자

보드게임이다. 이렇게 해석들이 터무니없이 다르다 보니 딱히 신뢰가 가지 않았다.

약 100년이 흘러 지난 2012년, 처음으로 파에스토스 원반의 과학적인 해독 연구 결과가 등장했다. 크레타 기술재단의 언어학 박사 가레스 오웬과 옥스퍼드 대학의 음성학 교수 존 콜맨이 6년간의 긴 공동 연구를 통해 원반에 등장하는 주요 키워드 세 가지를 유추해 낸 것이다.

임신, 어머니, 빛

고대 크레타어와 미노아어의 문자들을 언어학과 음성학적으로 분석하여 도출한 결과, 세 가지 키워드는 바로 '임신', '어머니', '빛'이다. 박사들은 이 세 가지의 키워드를 근거로 파에스토스 원반이 고대 미노아 문명에서 숭배하던 여신을 기리기 위해 제작한 일종의 찬양문이라 주장했다.

'종교적인 목적이라면 기존에 사용하던 문자로도 충분히 기록할 수 있는데 굳이 뭣하러 이런 암호까지 만들면서 원반을 제작한 거야?'

모든 가설은 어디까지나 추측일 뿐이다. 종교적인 물건이 아니라 다른 학자들의 주장처럼 고대에 사용되던 달력이나 보드게임으로 사용되었던 것일 수도 있다.

파에스토스 원반은 발견된 지 100여 년이 지난 지금까지도 보이니치 문서, 로혼치 사본과 함께 암호학 최고의 난제 중 하나로 불리고 있으며, 동시에 시대를 벗어난 유물 안티키테라 장치, 네브라 스카이 디스크와 함께 세계 3대 오파츠로 인정받고 있다.

'당대의 기술력으로는 절대 존재할 수 없는 유물이 심지어 해독까지 되지 않는다.'

이것이야말로 고고학 최대의 난제가 아닐까?

시대를 초월한 유물, 바그다드 전지

로스트 테크놀로지

바람처럼 왔다가 바람처럼 사라져 버린 기술로 우리는 이것을 '로스트 테크놀로지'라고 부른다. 로스트 테크놀로지는 오파츠와 다르게 시대를 초월한 기술이지만, 보존되지 못해 사라져 버린 기술을 뜻한다. 가령 4,000년 전 인쇄 기술이 발명됐지만, 사회의 수준이 이것을 받아들이지 못해 어쩔 수 없이 세상에 묻혀 버린 경우라던가 혹은 인쇄술을 상용화 시킬 여건이 못돼 그 기술을 후대에 전수하기 위해 기록은 해 놓았지만, 모종의 이유로 유실되어 버린 경우다.

기이한 항아리

시대를 초월한 신비한 유물이 드디어 실체를 드러냈다. 전기의 역사를 뒤바꿀 충격적인 사실이 밝혀진 것이다.

"이게 정말 가능한 일일까요? 2,500년 전 고대인들이 벌써 전지를 만들어 사용했다니요?"

박사님의 물음에 연구실 분위기가 굳어갔다. 우리가 알고 있던 역사 상식을 완전히 뒤집는 주장이었기 때문이다. 하지만 이번에 발견된 유물이 그 진실을 증명하고 있었다.

1935년, 이라크 국립박물관 소속 고고학자 일행이 파르티아 왕조 유적지에서 발굴 작업을 벌이던 중 기이한 항아리 하나를 발견했다. 지름 8cm, 높이 15cm의 평범한 외관과 달리, 그 내부

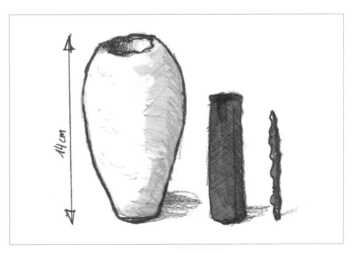

크기를 측정한 항아리

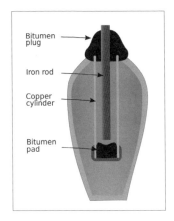

바그다드의 내부

에는 믿을 수 없는 비밀이 숨겨져 있었다.

"여기 보시죠. 이건 약 10cm 길이의 구리 원통인데, 그 속에 철 막대기가 박혀 있습니다."

연구실 모니터에 나란히 비친 유물 사진을 보며 박사님이 설명을 이어갔다. 그 구조가 마치 현대 전지를 연상케 했다.

"게다가 철 막대기 일부가 산에 부식된 자국이 있어요. 이는 고대인들이 이미 전해액을 사용했다는 방증이 됩니다."

연구실은 숨소리조차 멈춘 채 고대 유물의 비밀에 집중했다. 이내 박사님의 입에서 충격적인 결론이 터져 나왔다.

"이 바그다드 전지가 볼타 전지보다 무려 2,000년이나 앞서 개발된 것이 확실합니다!"

누군가의 탄식 소리가 들렸다. 우리 역사에 새로운 지평이 열리는 순간이었다. 하지만 한 가지 의문이 남아 있었다.

"그런데 말입니다. 어떻게 고대인들이 그 당시에 이런 기술을 가질 수 있었을까요?"

박사의 표정에는 깊은 의문이 배였다.

"사실 그게 가장 큰 수수께끼입니다. 어떻게 고대인들이 이런 앞선 기술을 개발할 수 있었을까요?"

바그다드 전지의 존재 자체가 역사의 정설을 뒤짚는 사건이 일어났고, 연구실은 잠시 침묵이 흘렀다. 우리가 알고 있던 전기 기술의 기원이 2,500년이나 더 거슬러 올라가는 셈이었다.

"만약 이 정도 수준의 기술을 가지고 있었다면, 고대인들은 또 어떤 것들을 개발해 냈을지 모르겠어요. 아마 우리가 상상하지 못한 놀라운 문명이 있었을 거예요."

그의 말에 모두가 고개를 끄덕였다. 아리스토텔레스, 아르키메데스 같은 천재 연구진의 발자취가 더욱 주목받게 될 터였다.

"이번 발견으로 우리가 알고 있는 고대 문명에 대한 인식 자체를 새롭게 정립해야 할 것 같습니다."

바그다드 전지는 단순한 유물 그 이상의 의미를 지니고 있었다. 인류 문명의 역사를 180도 바꿀 수 있는 대단한 힘이 그 속에 숨어 있었던 것이다.

"자, 그렇다면 본격적으로 연구에 착수합시다. 이 신비한 유물이 우리에게 어떤 메시지를 전해 줄지 기대가 됩니다."

바그다드 전지의 복제품

하지만 당시는 제2차 세계대전이 발발했던 시기였고, 그들의 불타오르는 의지마저 꺾일 수밖에 없었다. 그렇게 학계에서는 원활한 조사조차 할 수 없었기에 고고학적으로 놀라운 발견임에도 불구하고 바그다드 전지는 관심 밖으로 사라졌다.

1941년 이전까지만 해도 말이다. 일시적으로 학계의 관심에서 멀어졌을지언정, 바그다드 전지가 간직한 신비한 비밀은 결국 세상에 알려지게 되었다.

1941년, 제너럴 일렉트릭의 두 연구원 윌러드 그레이와 윌리 레이가 쾨니히의 논문을 다시 주목했다. 그들은 고대인들의 기술 수준을 직접 확인해 보기로 했다.

"우선 전해액을 무엇으로 할지가 관건이겠군."

그레이가 고민에 빠졌다. 2,500년 전 고대인들이 과연 무엇을 전해액으로 사용했을지 상상이 되지 않았다.

"어쩌면 레몬이나 와인 정도는 있지 않았을까?"

레이의 제안에 그레이가 고개를 끄덕였다. 당장 구할 수 있는 전해액이라면 그 정도일 터였다. 하지만 와인은 당시에 없었을 가능성이 컸다.

"그렇다면 레몬으로 해 보지."

실험은 순조롭게 진행되었다. 그리고 기적 같은 일이 벌어졌다. 비록 약하긴 했지만, 바그다드 전지 복제품은 무려 20일 동안이나 2V의 전류를 생성해냈다.

"대단해! 이제 그 전지가 진짜라는 것을 증명했어."

두 연구원은 벅찬 감동을 안고 있었다. 그렇게 바그다드 전지는 2,000년 만에 정체를 세상에 드러내게 되었다. 하지만 한 가지 의문이 남아 있었다. 도대체 고대인들은 이 전지를 어디에 사용했단 말인가?

덴데라 전구

의학 치료나 귀금속 도금, 신전 의식 등 다양한 가설이 제기되었다. 하지만 지금까지 어느 것 하나 확실한 증거는 없었다.

덴데라 전구가 그려진 벽화

유일한 실마리는 바로 전구 가설뿐이었다.

전구 가설은 이집트 피라미드에 그려진 '덴데라 전구'에서 비롯되었다. 마치 현대 전구와 흡사한 모습의 이 암호 같은 그림이 고대인들의 전기 기술을 방증하는 듯했다.

연구원들 사이에서 이런 추측이 흘러나왔다.

"만약 이 덴데라 전구가 실제로 전구를 의미한다면, 바그다드 전지 역시 그것과 연관이 있을 것이 분명해."

과연 고대인들은 전지 기술을 전구에 응용했을까? 아니면 단지 우연의 일치일 뿐일까?

그레이가 실망스러운 어조로 말했다.

"문제는 이 전구설을 뒷받침할 만한 증거가 없다는 거야. 덴데라 전구만 가지고는 설득력이 부족해."

고대 문명의 비밀을 완전히 풀어내기에는 아직 많은 부분이 손아귀에서 벗어나고 있었다.

"아니야, 포기할 순 없어. 분명 어딘가에 실마리가 있을 거야."

레이는 낙관적이었다. 고대인들의 전구 기술이 있었다면, 반드시 그 흔적이 남아 있을 것이라고 굳게 믿었다.

전기 도금

진실은 언제나 복잡미묘한 모습으로 우리 앞에 서 있었다.

바그다드 전지 역시 마찬가지였다. 고대의 신비로운 유물 하나가 현대 연구진에게 수많은 의문을 안겨 주고 있었다.

연구실 회의에서 이집트 고고학자 아르네 에그브레트가 입을 열었다.

"전기 도금을 위해 개발되었을 가능성이 가장 커 보여."

2005년 직접 실험을 통해 이 가설을 뒷받침했다는 것이다.

"레몬즙을 전해액으로 해서 복제품 전지 여러 개를 직렬 연결했더니, 도금에 성공적으로 사용할 수 있었어요!"

연구원들 사이에서 탄성이 터져 나왔다. 과연 2,500년 전 고대인들도 이런 방식으로 전지를 이용해 금속 작업을 했을지도 모른다는 추측이었다. 하지만 한편으로는 여전히 해결되지 않은 수수께끼가 가로놓여 있었다. 만약 그 당시 이런 수준의 기술이 있었다면, 왜 후대에 전승되지 않았을까? 또 이렇게 중요한 발명품이 다른 지역에서는 전혀 발견되지 않는 것일까?

한 연구원이 의문을 제기했다.

"박사님, 그렇다면 이 유물이 정말 전지라고 확신할 수 있을까요?"

그러자 그는 난감한 표정을 지었다.

"사실 전지가 발명되기 전까지는 이런 유물을 보고도 그 정체를 알아채기 힘들었을 거야. 우리가 가진 상식으로는 쉽게 판단할 수 없는 미지의 영역이라고 봐야지."

그의 말이 모두의 머릿속에 깊이 박혔다. 바그다드 전지에는 아직도 많은 의문이 남아 있었다. 우리는 고대 문명의 신비로운 지식을 제대로 꿰뚫어 보지 못했다.

"어쩌면 우리가 상상하지 못한 더 큰 진실이 여기에 감춰져 있는지도 모르겠군."

바그다드 전지의 수수께끼

전기 도금이 가능했다는 사실은 놀라웠지만, 그것만으로는 이 유물의 정체를 다 설명하기에는 부족했다. 후대에 전승되지 않은 이유, 다른 지역에서의 부재 등 해결되지 않은 수수께끼가 산적해 있었다.

"지금 우리가 알고 있는 고대 문명의 역사는 거대한 얼음산의 일각에 불과할지도 모릅니다."

그의 단언에 모두가 숨을 죽였다. 과연 이 바그다드 전지가 우리가 알지 못했던 고대 과학 기술의 단편일지도 모른다는 생각에 압도되었다.

연구원 한 명이 조심스럽게 입을 열었다.

"이 유물이 단순한 전지가 아닐 수도 있어요. 아마도 당시 사람들에게는 전혀 다른 용도로 사용되었을지도 모르죠."

그 역시도 고개를 끄덕였다.

"그렇습니다. 우리가 상상하지 못한 새로운 차원의 기술이 숨겨져 있을지도 모르겠어요. 이 바그다드 전지는 우리에게 지금 까지 알지 못했던 고대 문명의 모습을 보여 줄지도 모릅니다.”

우리는 바그다드 전지를 통해 무엇을 알 수 있을까. 과거에 존재했던 놀라운 기술력? 혹은 과거에도 전기를 사용했다는 증거? 사실 이러한 내용보다 더 중요한 것은 우리가 알지 못했던 사실이 버젓이 우리 눈앞에 등장했다는 점이다. 여기에 바그다드 전지는 우리가 알지 못했던 고대 문명의 실마리가 될 수 있지 않을까 하는 기대를 더해 본다.

1,700년을 앞선 금속

옛 무덤에서 출토된 첨단 금속

1959년, 한 건설사 직원의 우연한 발견으로 1,700년 전의 진 왕조 무덤이 세상에 드러났다. 고고학자들이 신중히 유물을 수습하는 동안, 그곳에서 나온 장신구들은 평범해 보였다.

"음, 이런 식의 장신구라면 당시 귀족의 무덤에서도 자주 발견되는 유형이군."

연구원들은 특별한 점을 발견하지 못한 채 분석에 들어갔다. 그러나 성분 검사 결과가 발표되자 모두가 경악을 금치 못했다.

"이게 도대체 어떻게 된 일이지? 이 허리띠 조각이 순도 85% 의 알루미늄이라고?"

그의 외침에 연구실이 술렁였다. 알루미늄이라니, 이것은 분

진 왕조 무덤에서 출토된 장신구

명 상식에 어긋나는 일이었다. 왜냐하면 알루미늄이 대량 생산
되기 시작한 것은 겨우 200년 전의 일이었기 때문이다.

"이건 말이 되지 않습니다. 1,700년 전에 이런 기술이 있었다
는 건 불가능한 일이에요!"

연구원들은 혼란스러워했다. 고대 무덤에서 나온 유물이 현
대 기술을 능가하고 있었던 것이다. 이해할 수 없는 상황이 펼
쳐지고 있었다.

"도대체 이 무덤 주인은 누구였길래, 이런 앞선 기술을 가지
고 있었던 것일까?"

알루미늄이 대량 생산되기 시작한 것은 겨우 200년 전의 일이었다. 그런데 어떻게 이토록 오래된 무덤에서 이런 첨단 금속이 출토될 수 있었을까?

"도굴의 흔적이 있다고 하더라도, 도굴꾼이 이런 물건을 가져왔다고 보기는 어렵습니다. 당시에는 알루미늄이 존재하지 않았으니까요."

연구원들 사이에서 혼란스러운 목소리가 터져 나왔다. 이 발견이 갖는 의미는 너무나 컸다.

"혹시 1,700년 전에 이미 알루미늄 추출 기술이 존재했던 것일까요?"

한 연구원의 질문에 모두가 숨을 죽였다. 그렇다면 당시에 이미 전기 기술도 발달했다는 뜻이 된다.

연구원 한 명이 경외감 어린 목소리로 말했다.

"이건 우리가 알고 있는 역사를 완전히 뒤집어엎을 수 있는 발견이군요."

과연 이 알루미늄 조각이 지시하고 있는 것은 무엇일까.

알루미늄 허리띠

"분명 우리가 알지 못했던 초고대 문명의 실체가 여기에 숨겨져 있을 겁니다."

연구원장의 단언에 모두가 고개를 끄덕였다. 이번 발견은 인류 역사에 근본적인 의문을 던져 주고 있었다.

"자, 그렇다면 이 유물이 말하고 있는 진실을 하나하나 밝혀 내 가도록 합시다. 우리가 알지 못했던 과거의 모습을 찾아내는 것, 그것이 우리의 임무가 될 것입니다."

연구원장의 단호한 말에 연구원들의 눈빛이 일제히 불타올랐다. 이제 그들은 역사의 새로운 지평을 열기 위한 모험에 나서야 했다. 알루미늄 허리띠 조각은 고대 문명에 대한 우리의 상식을 뿌리째 흔들고 있었다.

"만약 정말 그 당시에 이런 수준의 기술이 있었다면, 그들은 도대체 어떤 문명을 이루고 있었을까요?"

연구원의 물음에 원장은 고개를 저었다.

"아마 우리가 상상하는 것 이상일 거예요. 이 정도 기술력이라면 분명 다른 분야에서도 엄청난 발전을 이뤘을 것입니다."

원장의 말에 모두가 숨을 죽였다. 과연 그들은 어떤 놀라운 문명을 이루고 있었을까? 그리고 그 문명은 왜 사라지고 말았을까? 중국 진 왕조 주초의 무덤에서 발견된 정체불명의 물체는 그들에게 무엇을 말해 주고 있는 것일까.

현대를 초월한 고대인의 흑팔찌

시대를 앞선 정교함

1995년, 터키 악사레이 지역의 한 고대 유적지에서 일어난 일이다. 프랑스 연구팀이 아시클리휘크라는 신석기 시대 마을 유적을 조사하고 있었는데, 그들은 땅속 1.5m 깊이에서 놀라운 발견을 했다. 그것은 정교하게 만들어진 흑요석 팔찌 조각이었다. 흑요석은 화산에서 흘러나온 마그마가 굳어진 화산 유리다. 이 단단한 물질을 정교하게 가공한다는 것은 쉽지 않은 일이었다.

그런데 이 팔찌 조각은 너무나 세밀하게 만들어져 있었다. 신석기 시대의 유물이라고 보기엔 너무나 정교했다. 연구팀은 당혹감에 휩싸였다. 이게 도대체 어떻게 된 일일까? 박사는 말

흑요석 팔찌

했다.

"이런 기술이 9,000년 전에 있었다니, 말이 되지 않는군."

연구원들은 침묵했다. 이 팔찌 조각이 무엇을 말하고자 하는 것일까? 그들은 이 유물이 품고 있는 비밀을 하나하나 파헤쳐 나가기로 했다. 아마도 이 팔찌가 그들이 알지 못했던 새로운 과거의 모습을 보여 줄 수 있을 것이다.

그들은 아직 이 팔찌 조각이 말하고자 하는 바를 완전히 해석하지 못했다. 하지만 이 유물이 그들이 알고 있던 역사를 뒤흔들 수 있는 단서라는 것은 분명했다.

"우리가 알지 못했던 새로운 과거의 모습이 여기에 숨겨져 있을지도 모르겠어."

믿을 수 없는 기술

그로부터 14년이 지난 2009년, 연구팀은 새로운 분석 기술을 동원해 팔찌 조각을 자세히 살펴보기로 했다. 그들은 LTDS에서 개발한 최첨단 기술을 사용해 이 팔찌를 면밀히 조사했다. 그리고 그 결과는 정말 놀라웠다.

디지털로 재구성된 팔찌 모습을 보니, 그 크기와 정교함이 믿기지 않을 정도였다. 지름 10cm, 너비 3.5cm. 연구원들은 이런 기술 수준이 현대에도 견줄 만하다고 평가했다.

한 연구원이 중얼거렸다.

"마치 기계로 찍어낸 것처럼 완벽한 각도와 규칙적인 형태를 보이네."

다른 이가 덧붙였다.

"표면 마감도 거울처럼 매끄러워. 오늘날 망원경 렌즈 만드는 기술과 비슷할 정도야."

놀라운 점은, 이 유물이 주변 지역에서는 전혀 발견된 적이 없다는 사실이었다.

프랑스 국립과학연구원의 로렌스 아스트룩 박사는 이 팔찌가 단순히 기술적 수준만 뛰어난 것이 아니라, 예술적 가치도 매우 뛰어나다고 말했다.

이 팔찌 조각이 품고 있는 비밀은 과연 무엇일까? 연구팀은 이 팔찌 조각에 대한 분석을 계속해 나갔다. 그들은 이 유물이 품고 있는 비밀을 하나씩 풀어 나가려 노력했다.

연구원들이 고개를 끄덕였다. 이해하기 어려운 일이었다. 그들은 이 팔찌 조각이 어떤 의미를 가졌는지 계속해서 살펴보았다. 아마도 이 유물이 그들이 알지 못했던 새로운 과거의 모습을 보여 줄 수 있을 것만 같았다.

"이 팔찌는 단순히 기술적 수준만 뛰어난 게 아니라 예술적 가치도 매우 높아 보여."

로렌스 박사의 말에 모두가 고개를 끄덕였다. 이 팔찌 조각은 그들이 보던 다른 유물들과는 확연히 다른 느낌을 주었다.

시간이 흘러 2019년, 연구팀은 이 팔찌 조각에 대한 보고서를 완성했다. 그들은 이 유물이 지닌 진정한 의미를 밝혀내기 위해 노력했다.

"이 팔찌는 우리가 알고 있던 역사관을 완전히 뒤흔드는 단서가 될 수도 있어. 우리가 몰랐던 과거의 모습을 보여 주고 있는 거야."

박사의 말에 모두가 고개를 끄덕였다. 이제 그들은 이 팔찌 조각이 말하고자 하는 바를 조금씩 이해할 수 있게 되었다. 해당 팔찌는 현재 악사레이 고고학 박물관에 전시되어 있으나 지금까지도 팔찌를 만든 기술력의 출처에 대해서는 정확한 답을

내릴 수 없다. 확실한 건 당대의 기술력으로는 절대로 존재할
수 없는 물건이다.

그게 아니라면 우리가 생각하는 것보다 고대인들의 기술력
이 훨씬 뛰어난 것이었을 수도 있다. 이러한 유물이 우리에게
남기는 메시지는 무엇일까.

지하 미궁

지하 미궁의 입구를 발견하다

기원전 5세기, 그리스의 역사가 헤로도토스가 이집트로 향했다. 그가 이집트에 도착하자 이집트에서는 근사한 유적을 보여 준다며 그를 모이리스 호수의 남쪽 방향으로 인도했다.

얼마쯤 갔을까, 헤로도토스의 눈에 보인 건 거대한 지하 미궁이었다. 지하 미궁은 피라미드를 능가하는 엄청난 규모를 자랑했으며 총 2층에 3,000여 개의 방이 존재했다. 안내인은 미궁의 지하에는 왕들의 관이 안치되어 있어 외부인, 즉 헤로도토스는 들어갈 수 없다고 말하며 지상의 방만을 둘러볼 수 있었는데, 지상의 모습만으로도 인간이 지은 것이라고는 상상할 수 없을 정도의 장관이었다.

지하 미궁의 입구

70m의 피라미드

미궁의 대부분은 하얀 대리석으로 제작되었으며 내부 도시의 정중앙에는 70m에 달하는 피라미드가 세워져 있어 가히 이집트의 정수라 부를 법하였다.

헤르도토스는 이러한 경험을 바탕으로 《역사》라는 책을 집필하였는데, 《역사》에는 헤르도토스가 직접 겪은 일과 타인에게 구전으로 들은 내용이 분리되어 기록되었고 지하 미궁은 직접 겪은 일이었다.

이렇듯 신빙성이 높은 헤르도토스의 기록에도 불구하고 지하 미궁은 약 400년간 타인에게 허락되지 않은 공간이었다. 그만큼 성스러운 곳이기 때문이다.

지하 미궁의 기록자

헤르도토스가 이집트를 방문한 지 약 400년이 흘렀을 무렵, 그리스의 역사가 디오도루스가 이집트를 방문한 후 평을 남기게 된다.

'멘데스 왕은 미궁과 함께 거대한 묘지를 지었다. 굉장한 규모의 미궁은 세상 어디보다도 웅장했으며 예술성 역시 뛰어나 눈이 즐거웠다. 다만 초대받지 못한 자는 주의를 요구하는데, 이 주의를 쉽게 여기고 지하 미궁에 들어왔다가는 다시는 태양을 볼 수 없다는 점을 숙지해야 한다.'

디오도루스의 기록을 통해 우리는 지하 미궁이 온전하게 존재하고 있단 사실을 확인할 수 있다. 여기에 더해 동시대에 살았던 그리스의 지리학자 스트라본 역시 이집트의 지하 미궁에 대해 이렇게 이야기하였다.

지하 미궁 상상도

'헤르도토스의 역사를 보고 반신반의했던 이집트의 지하 미궁을 찾아왔다. 지하 미궁의 정중앙에는 피라미드가 있었으며 그 바로 옆에는 미궁이 건설되어 있고, 그 안에는 왕들의 무덤이 존재했다. 안내원 없이는 다닐 수 없을 만큼 정교하고 복잡하여 초대받지 못한 자는 결코 지하 미궁에서 벗어날 수 없을 것으로 보인다.'

그 밖에도 가이우스 폴리니우스 등 당시 이집트를 방문했던 역사가라면 하나같이 모두 다 지하 미궁에 대한 기록을 남겼으니 지하 미궁이 얼마나 위대했는지를 알 수 있는 대목이다. 물론 미궁의 세세한 모습까지 모두 일치하진 않지만, 이집트의 지하 미궁을 공통으로 다루고 있다는 점과 시대가 다르다는 점을 미루어 보았을 때 지하 미궁의 존재는 확실한 것으로 보인다.

지하 미궁은 어디에 있나

그렇다면 이집트의 위대한 유적 지하 미궁은 어디에 있는 걸까? 정답을 먼저 말하자면 아직 발견되지 않았다. 물론 근래에 들어 지하 미궁으로 의심되는 흔적을 발견한 사례는 있었다.

'아메넴하트 3세의 피라미드의 남쪽 지하 부근에서 지하 미궁을 발견하였다. 지면 투과 장치를 사용해 이곳을 탐색한 결과 지하 10m 아래에 일정한 형태의 화강암 구조물이 있었으며, 이는 인공적인 형태의 미궁이었다.'

지난 2006년 벨기에의 발굴팀 마타하가 이집트에서 지하 미궁을 발견했다는 기사 내용이다. 그들이 첨부한 사진을 보면 누가 봐도 인공적인 모양의 화강암이 미로처럼 얽혀 있는 것을 확인할 수 있다. 실제로 스핑크스 역시 네 번이나 사막에 묻혀 있는 것을 발굴했기에 대부분 사람은 마타하가 지하 미궁을 발견했다고 확신했다.

이쯤에서 의문이 들 것이다. 분명 마타하가 발견했는데 왜 발견되지 않았다는 것일까? 바로 이집트 정부의 개입 탓이었다. 이집트 정부는 마타하에게 국가안보라는 이유로 지하 미궁의 연구를 즉각 중단하라는 명령을 내렸고, 마타하는 지하 미궁을 눈앞에 두고 탐사를 중단할 수밖에 없었다.

이후에도 마타하는 꾸준히 이집트 정부에 지하 미궁의 탐사를 요청했지만, 번번이 거절당했고 결국 지하 미궁은 그렇게 잠들게 된다. 과연 이집트 정부는 어떤 이유로 마타하의 탐사를 막아 세운 것일까? 혹여나 지하 미궁에는 우리에게 공개되지 않은 무언가가 자리 잡고 있는 건 아닐까.

2장

지구 리셋설

170만 년 된
초고대 인공다리

지구 리셋설

인류 문명의 기원과 역사에 대한 의문은 끊임없이 제기되어 왔다. 그중 하나가 바로 '지구 리셋설'이다. 이는 현재의 문명 이전에도 지구가 주기적으로 고도의 문명이 번성했다가 멸망이 반복한다는 가설이다. 소행성 충돌, 태양 폭발, 초대형 화산 폭발 등의 재앙으로 문명이 몇 번이나 멸망했다고 주장한다. 얼핏 본다면 상식을 벗어나는 것처럼 들릴 수 있겠지만, 우리가 풀지 못한 수수께끼들이 여전히 많다는 점에서, 이 이론을 배제할 수만은 없다.

50km의 거대한 다리

　모든 것은 1995년 한 우주 비행사가 촬영한 사진 한 장에서 비롯되었다. 공중에서 바라본 그 장면은 믿기지 않는 광경이었다. 인도와 스리랑카 사이 바다를 가로지르는 50km에 달하는 거대한 다리 형상이 육안으로 확인된 것이다. 인도와 스리랑카 사이에 펼쳐진 거대한 다리 아담스 브릿지는 오랫동안 과학계의 뜨거운 논쟁거리였다.

　"이게 무엇일까? 자연 현상일까, 아니면 인공 구조물일까?"

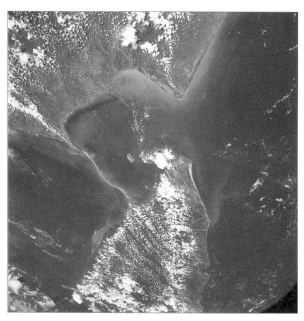

170만 년 된 아담스 브릿지 (1)

연구진들 사이에서 열띤 논란이 벌어졌다. 일부는 단순한 모래톱일 뿐이라고 주장했지만, 다른 이들은 그 규칙적인 형태가 인공물일 가능성이 크다고 반박했다. 논란이 계속되자 나사NASA는 고해상도 위성 사진을 공개했다. 하지만 이는 오히려 의문을 더욱 부추겼다. 사진 속 다리는 너무나 정교한 대칭 구조를 보이고 있었기 때문이다.

"이건 자연 현상으로는 설명할 수 없습니다. 반드시 인공 구조물일 겁니다."

이내 다리를 구성하는 암석들의 연대가 무려 170만 년 전으로 거슬러 올라간다는 사실이 밝혀졌다. 이는 전 세계를 충격에 빠트렸다.

인공의 흔적

170만 년 전이라면 호모 사피엔스 출현 이전이다. 당시 지구에는 원시인조차 존재하지 않았다. 그렇다면 누가 이렇게 거대하고 정교한 구조물을 만들었단 말인가?

연구진들은 다양한 가설을 펼쳤다.

"고대 외계인들이 지구를 방문했거나 인류 이전에 이미 초고대 문명이 존재했을 수도 있어."

또 다른 이들은 종교적인 해석을 내놓았다.

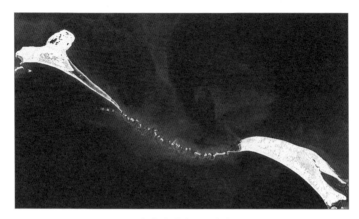

170만 년 된 아담스 브릿지 (2)

"이것은 바로 라마 왕자가 원숭이 부대와 함께 건설했다는 라마의 다리입니다. 아니면 아담이 스리랑카로 가기 위해 걸었다는 아담의 다리일 수도 있겠죠."

하지만 이는 어디까지나 신화에 불과했다. 연구진에게 필요한 것은 명확한 증거와 사실이었다. 그리고 그 실마리는 2017년에 잡히기 시작했다.

"다리를 구성하는 암석의 연대가 주변 모래들보다 5,000년이나 앞서 있습니다. 이는 명백한 지질학적 역전 현상입니다."

인디애나대학을 비롯한 여러 대학 연구진이 발표한 충격적인 사실은 아담스 브릿지가 자연 현상이 아닌 인공 구조물일 가능성을 높였다. 여기에 인도 지질 조사국의 발견도 더해졌다. 바드리 박사 연구팀은 다리 아래에서 석회질층과 직사각형 모양의 단단한 바위를 발견한 것이다.

"이것은 분명 다리를 지지하기 위한 기초 암석입니다. 더 이상 의심의 여지가 없어 보입니다."

과학적 증거가 하나둘 쌓이니 아담스 브릿지는 더 이상 신비로운 존재가 아니었다. 이제 그것은 인류 이전 시대의 초고대 문명이 남긴 유산이라는 사실이 거의 확실시되었다.

기술력의 보고, 아담스 브릿지

"170만 년 전에도 이런 기술력을 가진 문명이 있었다니, 정말 믿기지 않습니다. 하지만 부정할 수 없는 사실입니다. 우리는 새로운 문명의 존재를 인정해야만 합니다. 이것은 단순히 다리 하나를 발견한 것이 아닙니다. 인류가 알지 못했던 새로운 문명의 실체를 파헤칠 수 있는 기회입니다."

연구진은 아담스 브릿지에 대한 본격적인 발굴 조사를 착수했다. 그들은 이 신비의 문명에 대한 실마리를 하나둘씩 발견해 나갔다. 먼저 다리 일부 구간에서 발견된 기하학적 문양과 상형 문자 같은 조각들이 큰 관심을 끌었다.

연구진은 이 문명이 매우 정교하고 체계적인 문자와 수학 체계를 가지고 있었음을 알아냈다.

"이 문자들은 매우 정교하고 체계적인 구조로 되어 있습니다. 상당한 수준의 지적 능력을 보유한 문명이었던 것 같아요.”

발굴이 계속되면서 더욱 많은 유물이 출토되었다. 정교한 금속 공구와 장신구, 천문 관측기구 등이 발견된 것이다. 연구진은 이 문명의 과학 기술 수준이 상상 이상이었음을 실감했다.

“이 관측기구를 보면 상당한 수준의 천문학 지식을 보유하고 있었습니다. 아마도 이미 기계 공학 기술까지 발전했을 거예요.”

가장 흥미로운 발견은 유적지 지하에서 발견된 거대 구조물이었다. 이는 마치 현대의 원자로 시설과 같은 모습을 하고 있었다.

“이 구조물의 정확한 용도는 아직 밝혀지지 않았지만, 상당한 기술력이 동원되었던 것만은 분명해 보입니다. 아마도 에너지 생산과 관련된 시설일 가능성이 큽니다.”

연구진은 너무나 놀라운 발견들에 넋을 잃었다. 이 초고대 문명은 현대 인류 문명을 능가하는 첨단 과학 기술을 보유하고 있던 것이다. 하지만 여전히 의문점들은 남아 있었다. 이렇게 발달한 문명이 왜 아담스 브릿지만을 남기고 사라졌을까? 그들의 기술 수준과 문화는 어떤 모습이었을까? 연구진은 이 수수께끼를 풀기 위해 계속해서 노력했다. 발굴이 진행될수록 더욱 많은 유물과 증거들이 나왔다.

“이 유물은 매우 정교한 제작 기법으로 만들어졌습니다. 단순한 원시 문화로는 볼 수 없는 수준이에요.”

연구원들은 새로운 발견마다 경이로운 표정으로 설명을 이어갔다. 점점 이 문명의 실체에 다가서고 있었다.

외계 문명과 상형 문자

한편 일부 연구진은 외계 문명과의 교류 가능성도 제기했다. 아담스 브릿지의 거대한 규모와 정교한 구조, 상형 문자 등이 그 근거가 되었다.

"이들이 외계 문녕과 접촉했을 가능성도 배제할 수 없습니다. 아담스 브릿지는 그 증거일지도 모르겠네요."

연구팀은 이 가설을 두고 활발한 토론을 벌였다. 그들은 이 신비한 문명의 정체를 밝히기 위해 열정적으로 노력했고, 시간이 흐르면서 아담스 브릿지 문명에 대한 이해의 폭이 점점 넓어졌다. 하지만 여전히 그 정체를 완전히 규명하지는 못했다.

"우리가 발견한 것들은 모두 빙산의 일각에 불과합니다. 이 문명의 전모를 파악하기 위해서는 더 많은 증거가 필요해요."

연구진은 유적지 주변의 정착지 유적에서 새로운 단서를 찾기 시작했다. 그곳에서 대규모 주거 유적과 생활 유품들이 발견되었다.

"여기서 출토된 유물들을 보면 상당히 체계적이고 발달된 사회 구조를 하고 있었던 것 같습니다."

유물의 종류와 제작 방식, 배치 등을 통해 이 문명이 고도로 조직화되고 계층화된 사회 구조를 지녔음을 알 수 있었다. 또한 예술성이 뛰어난 조각상과 공예품들도 발견되었다.

"이들의 예술 수준이 상당히 높았습니다. 단순한 생존을 위한 문화가 아니었던 것 같아요."

연구진은 이 문명이 높은 수준의 정신 문화와 종교를 가지고 있었으리라 추측했다. 정교한 예술 작품들과 상징물들이 그 증거가 되었다. 발굴이 계속되면서 점점 더 많은 사실이 드러났다. 연구진은 이 문명의 기술 수준과 문화, 역사를 조금씩 재구성해 나갔다.

"우리가 알고 있던 인류 문명의 기원을 완전히 뒤집어 놓은 셈입니다."

기하학 문양의 석판

아담스 브릿지 문명은 현재 인류 문명의 기원을 180도 바꿔 놓은 대발견이었다. 연구진은 이 새로운 사실에 경외심을 감추지 못했다.

"이 문명에 대해 계속해서 연구할수록 인류 역사에 대한 새로운 지평이 열리는 것 같습니다. 우리는 역사를 새롭게 정의할 수 있게 되었어요."

바다에서 발견한 석판

연구진의 열정은 식을 줄 몰랐다. 그들은 이 신비의 문명에 대해 더욱 깊이 있게 파고들었다. 유적지 발굴이 계속되면서 이전에는 볼 수 없었던 새로운 유물들이 속속 드러났다. 정교한 기하학 문양의 석판, 금속 주조 도구, 천문 관측 기록들이 그것이다.

"이 유물들을 보면 상당한 수준의 과학 기술을 보유하고 있었음을 알 수 있습니다. 천문학, 기하학, 금속 공학 등 여러 방면에서 발달했던 것 같아요."

연구진은 이 문명이 현재 인류 문명을 능가하는 수준의 과학 기술을 가지고 있었음을 실감했다. 그들의 지적 수준과 문화적 성취는 상상을 초월했다.

"만약 이 문명이 지속되었더라면 우리의 모습은 지금과 전혀 달랐을 것입니다. 아마도 지금보다 훨씬 발전한 모습이었겠죠."

이처럼 연구 결과가 축적될수록 아담스 브릿지 문명에 대한 이해도는 높아져 갔다. 하지만 여전히 그 기원과 실체, 운명에 대해서는 의문이 남아 있었다.

'이들은 어디에서 왔으며, 왜 사라졌을까? 그리고 그 문명의 마지막 모습은 어떠했을까?'

아담스 브릿지 문명의 기원과 종말에 대한 의문은 연구진의 가장 큰 화두였다. 그들은 이 수수께끼를 반드시 풀어내야 했다.

아담스 브릿지의 최후

연구진은 유적 주변을 더욱 자세히 조사하기 시작했다. 그리고 마침내 아담스 브릿지 문명의 종말에 대한 실마리를 발견하게 되었다. 유적지 바닥에서 발견된 석판 조각들에는 미확인 문자와 함께 천체 운행 기록과 유사한 기호들이 새겨져 있었다. 연구진은 이를 분석한 결과 충격적인 사실을 알아냈다.

"이건 천체 운행 기록이 아닙니다. 이것은 거대한 천체가 지구로 접근하는 모습을 기록한 것 같아요. 아마도 당시 이 문명은 소행성의 접근을 인지했지만, 그것을 피할 수 있는 기술력이 부족했던 것 같습니다."

더욱 자세한 분석 끝에 연구진은 아담스 브릿지 문명이 대형 소행성의 충돌로 인해 전멸했을 가능성이 크다는 결론을 내렸다.

연구진은 아담스 브릿지 주변에서 대규모 화산 분출과 관련된 흔적도 발견했다. 이는 소행성 충돌로 인한 여파로 보였다.

"소행성 충돌은 지구 전체에 엄청난 재앙을 불러일으켰을 것입니다. 이 문명 역시 그 여파를 피해 갈 수 없었던 것 같아요."

아담스 브릿지 문명의 비극적인 최후가 드러났다. 지구 역사상 가장 앞선 과학 문명이었지만, 결국 자연의 가혹한 시련 앞에서는 무기력할 수밖에 없었던 것이다.

"그들의 역사는 우리에게 큰 교훈을 줍니다. 인류 문명 역시 언젠가는 이와 비슷한 시련에 직면할 수 있습니다."

연구진은 아담스 브릿지 문명의 교훈을 되새기며 그들의 발자취를 더욱 면밀하게 연구했다. 이를 통해 인류 문명의 미래를 설계하는 데 반영할 수 있을 것이라 기대했다.

20억 년 전 핵분열에 사용된 초고대 원자로

초고대 문명이 만든 '고대 원자로'

1973년, 아프리카 가봉의 한 광산에서 충격적인 발견이 있었는데, 바로 약 20억 년 전에 핵분열이 일어났던 흔적이 발견된 것이다.

당시 한 학자가 이 광산의 우라늄 광석을 분석하던 중 성분이 기준치보다 0.003% 부족한 것을 발견했다. 이는 곧 이 우라늄이 과거 핵분열에 사용된 적이 있다는 것을 의미했다. 프랑스 정부와 국제원자력기구(IAEA)의 조사 결과 이 광산의 우라늄은 무려 20억 년 전에 30만 년간 지속된 핵분열에 사용되었던 것으로 드러났다.

하지만 이 발견은 상식을 벗어나는 것이었다. 자연 상태에서

광산에서 발견된 원자로

연쇄적인 핵분열이 일어나기란 거의 불가능하기 때문이다. 핵분열은 우라늄 원자핵이 중성자를 흡수해 일어나는데, 이 과정에서 추가 중성자가 생겨나 또 다른 우라늄과 반응하며 연쇄반응이 발생한다. 이때 적정 온도와 중성자 속도 등 여러 조건이 꼭 맞아야만 핵분열이 지속되는 것이다.

물이 중성자 속도를 조절했다는 주장도 있었지만, 대다수 과학자는 회의적인 반응을 보였다. 수십만 년간 방사능 유출 없이 핵폐기물이 자체 처리되었다는 설명 또한 이해하기 힘들었다.

결국 많은 이들이 이 광산을 초고대 문명이 만든 '고대 원자로'라고 주장하기에 이르렀다. 자연 현상으로는 설명할 수 없는 너무나 정교한 원리가 숨어 있었기 때문이다.

고대 원자로의 존재

20억 년 전에도 지구에 고도의 문명이 존재했다는 가정 자체가 새로운 발상이였고, 고대 원자로라는 주장은 과학계에 충격파를 몰고 왔다. 상식을 벗어나는 이 발견 앞에서 많은 이들이 머리를 갸웃거렸다.

'20억 년 전에 이미 핵분열 기술을 지녔다는 건가? 그런 고도의 문명이 존재했다는 게 말이나 되는 소리인가? 아니면 단순히 자연 현상일 뿐이고 우리가 아직 그 원리를 제대로 이해하

지 못했을 수도 있어. 너무 성급한 추측 아닌가?'

지구 역사상 가장 오래된 문명으로 알려진 수메르 문명조차 기원전 4000년경에 등장했을 뿐이다. 그런데 그 문명보다 수십억 년이나 앞선 시기에 이미 원자력 기술을 지녔다는 건 있을 수 없는 일이었다.

하지만 일부 연구원은 이런 가설을 과감히 내세웠다. 그들은 오클로 광산에서 발견된 우라늄의 정교한 구조와 핵분열 과정을 근거로 자연 현상으로는 설명할 수 없다고 주장했다.

"이 광산의 우라늄 덩어리 형상이 너무나 규칙적입니다. 마치 인위적으로 제작된 것 같은 구조를 하고 있죠. 또한 우라늄 핵분열 과정이 너무 정밀하게 이뤄졌습니다."

"수십만 년간 지속된 핵분열인데도 방사능 유출이 전혀 없었다는 건 그만큼 폐기물 처리도 완벽했다는 뜻 아닙니까? 이건 단순한 자연 현상으로는 설명할 수 없습니다."

이들은 지구 역사에 인류 이전의 초고대 문명이 존재했을 가능성을 열어 두고 있었다. 그리고 그 문명의 기술 수준이 상상을 초월할 정도로 발달했다는 것이다.

'초고대 문명이 존재했다는 게 말이나 되는 소리인가?'

이런 의구심은 당연히 제기될 수밖에 없었다. 인류 문명사에서 20억 년이라는 시간은 너무나 방대한 기간이었기 때문이다. 하지만 고대 원자로 주장자들은 굽히지 않았다. 그들은 이를 뒷받침할 만한 또 다른 증거들을 내세웠다.

"최근 발견된 고대 유적들을 보면 건축 기술이 너무 정교해서 문명 발생 시기를 수천 년 이상 앞당겨야 한다는 주장이 있습니다. 아직 그 기원을 밝히지 못한 채 수수께끼로 남아 있는 거죠."

"고대 종교와 신화에는 하늘을 나는 신들의 모습이 자주 등장하는데, 이는 우주 비행 기술을 가진 문명이 존재했다는 방증이 될 수 있습니다."

하늘을 나는 신들

실제로 최근 몇 년 사이 수많은 의문의 유적과 유물이 발견되면서 고대 문명의 기원을 재조명해야 한다는 목소리가 높아지고 있었다. 특히 남아메리카 지역에서 발견된 정교한 석회암 건축물들은 기존 문명의 발생 시기를 수천 년은 족히 앞당겨야 한다는 주장을 낳고 있다. 또한 고대 종교와 신화 속에 등장하는 '하늘을 나는 신들'의 모습은 우주 비행 기술을 가진 선진 문명의 흔적일 수 있다는 추측도 나오고 있었다.

"인류 문명 이전에 이미 지구를 지배하던 초고대 문명이 있었다는 거죠. 그들의 유산이 바로 이런 미스터리한 유적들일 수 있습니다."

고대 원자로를 두고 벌어진 논란은 걷잡을 수 없이 커져만 갔다. 일부 연구원은 초고대 문명의 존재 가능성을 열었지만, 다른 이들은 이를 전면적으로 부정했다.

"20억 년 전에 이미 원자력 기술을 지녔다니, 그런 억측은 말이 되지 않습니다. 아무리 선진 문명이었다 해도 그 정도까지는 있을 수 없어요."

"아직 우리가 모르는 자연 현상일 뿐입니다. 고대 유적이나 신화 속 이야기들 역시 지나치게 해석한 것뿐이죠."

반대편에서는 이를 반박하며 초고대 문명 존재 가능성을 더욱 부풀렸다.

"그렇다면 이 정교한 핵분열 과정은 대체 어떻게 설명할 건가요? 자연 현상으로는 도저히 불가능한 일입니다."

"고대 유적과 신화 속 흔적들, 이 모든 것이 기존 상식을 뒤엎는 새로운 문명의 증거가 아닐까요?"

초고대 문명의 모습

고대 원자로를 두고 벌어진 논란은 점점 새로운 차원으로 확대되었다. 이제 그것은 단순히 오클로 광산의 기원을 가리키는 데 그치지 않고, 인류 문명 이전 시대에 대한 근본적인 의문으로 나아가고 있었다.

"만약 초고대 문명이 존재했다면, 그들의 모습은 어땠을까?"

고대의 원자로

"그 문명의 기술력은 상상을 초월했을 것 같아. 아마 우리가 상상하는 것 이상일지도 몰라."

일부 학자들은 고대 종교와 신화에 등장하는 신들의 모습이 초고대 문명의 흔적일 것으로 추측했다. 신들이 하늘을 날고 천둥과 번개를 부리며 웅대한 기적을 행한다는 이야기 말이다.

"고대인들이 그토록 신을 두려워한 이유가 있었겠지. 자신들이 이해할 수 없는 초월적 힘을 가진 존재였을까."

"하늘을 나는 능력, 천지를 꿰뚫어 보는 능력 등 어쩌면 그들은 물리적 육체를 초월한 존재들이었나 봐."

일부 학자들은 더 나아가 초고대 문명이 외계 문명일 수도 있다는 의문점을 제기했다.

"만약 그들이 다른 행성에서 온 존재라면 그 기술 수준이 이해가 갈 것 같아. 우주 비행은 물론이고 핵융합까지 가능했겠지."

"아니면 차원을 초월한 문명이었을지도 몰라. 그렇다면 고대인의 눈에 그들이 신과 다름없이 비쳤을 테니까."

초고대 문명의 실체를 둘러싼 의문과 추측은 점점 거침없이 뻗어 나가고 있었다. 이제 그것은 단순한 역사적 사실을 넘어서 환상과 현실을 교차하는 영역에 진입했다.

"우주에서 건너온 외계 문명이었을지도 몰라. 아니면 차원을 초월한 존재일 수도 있어."

"아예 물리적 육체를 버리고 순수한 에너지 형태로 존재했을 수도 있어!"

일부 학자들은 고대 신화 속 신들이 바로 그 문명의 실체일 것이라고 주장했다. 그들의 능력은 인간의 상식을 벗어났고, 고대인들 눈에는 절대자와 다름없는 존재로 비쳐졌다.

"천지를 꿰뚫어 보는 능력, 공중을 나는 기술, 천둥과 번개를 다루는 힘까지. 이건 분명 인간의 능력이 아니에요."

"어쩌면 그들은 물리적 육체를 벗어난 순수한 에너지 형태로 존재했을지도 모르죠. 그렇다면 그 힘이 무한했을 거예요."

이런 가설에 일부 사이비 종교 단체들까지 가세했다. 그들은 초고대 문명을 '신들의 문명'이라고 주장하며, 그 존재들이 우리 인간을 지켜보고 있다는 터무니없는 이야기까지 꾸며냈다.

"신들은 살아 있습니다. 그들은 우리를 은밀히 지켜보며 인류에게 적절한 시기에 진실을 열어 줄 것입니다."

"우리는 신들의 가르침을 받아야 합니다. 그것이 인류가 나아갈 길입니다!"

고대 원자로의 정체

논란이 지나치게 과열되자 결국 과학계에서는 원점으로 돌아가 냉정한 자세를 취하기로 했다. 우선은 오클로 광산의 고대 원자로 정체를 규명하는 것이 급선무라는 데 의견을 모았다.

"추측으로는 아무것도 밝혀낼 수 없습니다. 오직 과학적 방법을 통해서만이 진실에 다가갈 수 있습니다."

이에 따라 세계 각국의 연구팀들이 오클로 광산 현장에 대한 본격적인 조사와 실험을 착수했다. 우라늄 광석 샘플을 직접 채취하고 정밀 분석하는 한편, 지질 연대 측정과 방사능 농도 검사 등 다각적인 연구를 진행했다.

"우라늄 동위원소 비율을 보면 확실히 과거에 핵분열이 있었던 것 같습니다. 하지만 그 시기가 정말 20억 년 전이었는지는 아직 검증이 더 필요합니다."

"주변 암석의 연대 측정 결과 최소 18억 년에서 최대 25억 년 사이로 나왔는데, 이 범위가 상당히 넓어 명확하지 않아요."

연구가 진행될수록 기존 주장에 의문이 제기되었다. 정작 고대 원자로의 연대 측정 결과가 기존 추정치를 크게 벗어나는 것으로 나왔기 때문이다. 또한 방사능 농도 검사에서도 납 동위원소 비율이 자연 상태 수준을 벗어나지 않는 것으로 드러났다.

"방사능 물질이 대기 중으로 유출되지 않은 것으로 보입니다. 이는 자연 상태에서는 있을 수 없는 일이지만, 인공 시설에서라면 충분히 가능할 것 같네요."

이처럼 본격적인 과학적 연구가 진행되면서 고대 원자로를 바라보는 시각에도 변화가 생겼다. 수년간의 분석과 연구 끝에 오클로 광산의 고대 원자로에 대한 실체가 어느 정도 드러나기 시작했다.

"결론적으로 이 광산은 자연 현상이 아닌 인공 시설물로 판명되었습니다. 우라늄 광석의 배치와 형태 그리고 정교한 핵분열 과정 등이 그 증거라고 할 수 있죠."

연구 결과, 오클로 광산의 우라늄 광석 배치가 지나치게 규칙적이며 핵분열 반응 역시 자연적으로는 불가능한 수준의 정교함을 보였다. 또한 수십만 년간 지속된 이 핵분열 과정에서도 방사성 물질 유출이 전혀 없었다는 점 등이 결정적 근거가 되었다.

"누군가가 인위적으로 이 광산을 제작했고, 핵분열을 정교하게 제어했다는 의미입니다. 이는 당시 매우 높은 수준의 기술력이 있었음을 시사합니다."

하지만 제작 시기에 대해서는 여전히 의문이다. 기존 주장과는 달리 오클로 광산의 연대가 18억 년에서 25억 년 사이로 측정되었기 때문이다.

"아직 그 정확한 시기를 가리기는 어렵습니다. 다만 분명한 것은 지금까지 알려진 최초의 인류 문명보다 훨씬 이전에 고도의 기술 문명이 존재했다는 점입니다."

결국 연구진은 이번 발견을 두고 '인류 문명 이전의 선문명' 존재 가능성을 열어 두었다. 비록 그 정체를 밝히지는 못했지만, 인류 역사에 새로운 지평을 연 중대한 발견이라는 점에서 의의가 있다고 평가했다.

1,400만 년 된
자동차 자국

의문의 자동차 궤적

2006년, 터키 아나톨리아 지역에서 1,400만 년 전의 자동차 자국을 발견했다. 이 발견이 인류 문명의 기원을 완전히 뒤바꿀 수도 있다는 사실에 연구진은 전율을 느꼈다.

연구원 한 명이 떨리는 목소리로 말했다.

"이게 만약 실제 자동차 궤적이라면, 수억 년 전에도 이런 기술 문명이 존재했다는 뜻이 됩니다. 하지만 이것이 자연 현상일 가능성도 있지만, 아직 만족스러운 지질학적 설명이 없다는 게 문제죠."

다른 이들도 고개를 끄덕였다. 자동차 자국에 회의적인 시선도 있었고, 연구진은 치열한 논쟁을 벌였다. 그들은 유적지를

아나톨리아에서 발견된 자동차 자국

더욱 면밀하게 조사하기 시작했다. 홈의 간격과 깊이, 측면 자국까지 하나하나 꼼꼼히 분석했다.

"여기 보세요. 이 자국들은 일정한 간격으로 새겨져 있습니다. 자연 현상으로는 설명하기 어려운 패턴이에요. 그리고 측면에 규칙적인 긁힘 자국들이 있습니다. 마치 차축과 같은 물체에 의해 새겨진 것 같아요."

증거들이 하나둘씩 모이자 초고대 문명 가설이 점점 더 유력해졌다. 하지만 여전히 의문점들도 남아 있었다.

"만약 이게 자동차라면 어째서 동물이나 사람 발자국이 없을까요? 그리고 수억 년 전에 자동차가 존재했다는 건 말이 안 됩니다."

회의론자들의 지적도 일리가 있었다. 연구진은 밤낮없이 분석을 거듭했다. 그들은 이 신비의 유적이 과연 무엇을 의미하는지 반드시 규명해야 했다.

고대 운송 수단

며칠 밤을 지새우며 자료를 검토한 끝에 한 연구원이 새로운 가설을 내놓았다.

"여러분, 이게 만약 자동차가 아니라 고대 운송 수단의 흔적이라면 어떨까요? 이 홈의 모양과 간격, 깊이를 보면 마치 우리

자동차 바퀴의 흔적

가 아는 자동차 같지만 실제로는 전혀 다른 기계였을 수도 있어요. 아마도 바퀴 원리는 비슷했겠지만, 동력원이나 구조가 달랐을 거예요.”

그의 주장에 다른 연구원들이 고개를 끄덕였다. 실제로 이 가설은 그동안의 의문점들을 잘 설명해 주고 있었다.

“그렇다면 동물이나 사람 발자국이 없는 이유도 명확해집니다. 그리고 수억 년 전에 존재했다는 점도 설명이 가능해요.”

새로운 가설이 등장하면서 연구는 또 다른 국면을 맞이했다. 연구진은 이 고대 운송 수단의 정체를 가리키는 새로운 증거를 찾기 시작했다.

“만약 이 가설이 맞다면 주변에서 그와 관련된 다른 유물들도 발견될 것입니다. 주의 깊게 살펴봐야 해요.”

그들은 유적 주변을 더욱 자세히 조사했다. 그리고 마침내 새로운 단서를 발견했다. 한 연구원이 흥분한 목소리로 외쳤다.

“여기를 보세요! 이건 뭔가요?”

그가 가리킨 곳에는 기이한 모양의 금속 조각이 있었다.

“이건 분명 인공물입니다. 자연적으로 생길 수 없는 형태예요.”

모두 그 금속 조각을 주시했다. 마치 기계 부품 같은 모습이었지만, 지금까지 본 적 없는 정교한 구조였다. 연구진은 금속 조각을 주의 깊게 살펴보았다. 마치 거대한 기계의 일부분 같았다. 그 재질과 가공 방식은 매우 정교했다.

“이 정도 수준이라면 상당한 기술력을 보유했을 거예요. 아마 우리가 추측한 고대 운송 수단의 일부일 가능성이 큽니다."

연구진은 서로를 바라보며 고개를 끄덕였다. 이제 그들은 이 신비한 유적의 실체에 한 발 더 다가섰다.

"만약 그렇다면 주변에 또 다른 증거가 있을 겁니다. 더 열심히 찾아봐야 해요."

천체 운행 궤적과 닮은 문자들

그들은 발견된 금속 조각 주변을 꼼꼼히 샅샅이 뒤졌다. 그리고 이내 새로운 단서를 하나 더 발견하게 된다.

"여기요, 여기!"

한 연구원이 바위 밑에서 발견한 것을 연구진에게 보여 주었다. 그것은 고대 문자 같은 기호가 새겨진 석판 조각이었다.

"이건 대체 무슨 문자일까요? 아주 정교하게 새겨져 있네요."

연구진은 그 석판 조각을 유심히 들여다보았다. 기호는 마치 체계적인 문자처럼 보였지만 그 형태는 낯설었다.

"이거 보세요. 여기 일부 기호는 천체 운행 궤적 같기도 합니다."

그 기호 중 일부는 태양과 행성의 운행 경로를 연상시켰다.

"그렇다면 이 문명에는 상당한 수준의 천문학 지식도 있었다는 뜻이네요."

연구진은 이 석판 조각에 새겨진 문자와 기호를 하나하나 분석했다. 그들은 이 초고대 문명의 정체와 문화를 이해하는 실마리를 여기서 발견할 수 있으리라 기대했다.

"이 석판이 만약 우리가 추측한 고대 운송 수단과 관련이 있다면, 분명 관련된 기록이 남아 있을 겁니다."

연구진은 석판 해독에 착수했다. 하지만 전례 없는 문자와 기호들 때문에 그들은 오랜 기간 동안 머리를 맞대고 분석을 거듭해야 했다.

고대 운송 수단의 기록

연구진은 오랜 기간에 걸쳐 석판 해독에 전념했다. 마치 수수께끼를 푸는 것 같은 작업이었지만, 그들은 포기하지 않고 끊임없이 노력했다.

"이 기호들은 아마도 계절과 관련된 것 같습니다. 농경 문화와 연관이 있을지도 모르겠어요. 그리고 이 부분은 달의 주기를 나타낸 것으로 보입니다. 정말 정교한 천문학 지식이었나 봅니다."

조금씩 석판의 내용이 드러나면서 그 문명의 모습도 서서히 그려지기 시작했다. 상당한 수준의 문자와 천문학, 농경 기술을 보유했던 것으로 추정되었다.

"이 정도의 지식과 기술이라면 그들에게 고도의 사회 조직

체계도 있었을 것입니다.”

연구진은 이 초고대 문명이 상당히 발달했을 가능성이 크다고 판단했다. 그리고 마침내 그들은 석판에서 가장 중요한 단서를 발견한다.

“여기 보세요! 고대 운송 수단에 대한 기록인 것 같습니다!”

연구진 모두가 숨을 죽였다. 기대 반 의구심 반으로 그 부분을 바라보았다. 그곳에는 마치 바퀴 달린 기계 같은 형상이 새겨져 있었다.

“이것만 봐도 상당한 수준의 기술력을 보유했음이 틀림없습니다. 아마 동력 원리까지도 발견했을지도 모르죠.”

그들의 오랜 노력 끝에 이 신비로운 유적의 정체가 드러났다. 수억 년 전에도 이런 고도의 기술 문명이 존재했다는 사실이 입증된 것이다.

“이제 우리는 인류 문명의 기원을 완전히 다시 쓸 수 있게 되었습니다.”

연구진은 벅찬 감격에 휩싸였다. 앞으로 계속될 연구를 통해 이 문명의 실체가 더욱 구체적으로 밝혀질 것이다. 연구진은 이번 발견으로 인류 역사에 새로운 지평을 열었다는 사실에 자부심을 느꼈다.

“우리는 이제 인류 문명의 기원을 180도 바꿔 써야 합니다. 수억 년 전에도 이런 고도의 기술 문명이 존재했다니, 정말 놀라운 일이 아닐 수 없죠.”

연구진은 앞으로 더욱 열성적인 발굴과 분석 작업에 착수할 예정이다. 아직 이 문명에 대해 알려지지 않은 것들이 많기 때문이다. 이들의 기원과 최후는 무엇이었을까? 그리고 어떤 과정을 거쳐 이런 기술에 도달했을까? 수수께끼는 여전히 남아 있다.

이 발견은 우리에게 큰 교훈을 준다. 인류 문명은 이들처럼 번영했다가 사라질 수 있다는 것을 일깨워 주고 있어 그들의 전철을 밟지 않아야 한다. 이번 발견을 계기로 인류 문명의 미래를 새롭게 설계해 나갈 것이다. 수억 년 전 문명의 발자취를 따라가며 그 교훈을 얻는 것이 바로 이번 발견에서 가장 크게 얻은 것이다.

1억 년 된
초고대 군사용 지도

암석 위 기하학적 문양

단단한 암석 위에 어떤 흔적이 그려져 있었다. 마치 바다 물
결무늬를 연상케 하는 기하학적 문양이었다. 러시아 우파 지방
의 한 농가에서 발견된 이 암석은 곧바로 전 세계의 이목을 집
중시켰다.

"이건 대체 무엇일까? 자연 현상으로는 도저히 설명할 수 없
는 문양이군."

최초 발견자였던 박물관 연구원들은 경악을 금치 못했다. 암
석 표면에 정교하게 새겨진 문자와 기호들 그리고 그 형상은
마치 인공물처럼 보였다.

"이 부분은 강과 산맥을 표현한 것 같습니다. 마치 지도 같은

기하학 문양이 그려진 암석

형태잖아요?"

다른 연구원이 지적했다. 과연 그 문양은 우파 지역의 지형을 그대로 옮겨 놓은 듯한 모습이었다. 현재에는 존재하지 않는 댐 같은 인공 구조물까지 자세히 그려져 있었다.

"이 제작 방식과 기록 형태는 현재 미군이 개발 중인 최신 군사 지도 기술과 똑같습니다."

연구진은 이 암석의 정체를 밝혀내기 위해 열을 올렸다. 문자 해독, 암석 성분 분석, 자기 방향 측정 등 모든 과학적 방법을 동원했다. 그리고 결과는 전율을 불러일으켰다.

"믿을 수 없습니다. 이 암석의 제작연대가 무려 1억 2천만 년 전이라고 합니다!"

암석은 공룡 시대, 중생대 백악기의 산물이었던 것이다. 어떻게 그 시기에도 이런 고도의 기술 문명이 존재한 것일까?

"우리가 알던 인류 문명의 기원을 완전히 다시 써야 할지도 모르겠습니다."

연구진은 이 초고대 문명의 실체를 밝혀내기 위해 전력을 기울이기 시작했다. 그들의 기원과 문화, 과학 기술 수준은 무엇이었을까? 연구진은 이 수수께끼를 풀기 위해 발굴과 분석에 박차를 가했다.

5억 년 전 생물의 화석

한 연구원이 석판 표면을 가리키며 말했다.

"이 석판 표면에 5억 년 전 생물 화석이 박혀 있습니다."

그 위에는 나비목 조개 화석들이 박혀 있었다. 이는 석판이 최소 5억 년 이상 된 유물임을 방증했다.

"그런데 문제는 이 석판의 실제 제작연대가 1억 2천만 년밖에 되지 않는다는 겁니다."

지자기 방향 측정 결과, 이 석판이 만들어진 시기의 북극은 현재와 다른 곳에 있었다. 바로 오늘날 프란츠 요셉 군도의 인근이다.

"그렇다면 이 석판은 중생대 백악기에 제작된 초고대 문명의 산물이 확실합니다."

증거들이 하나둘 모이면서 점점 석판의 정체가 드러나기 시작했다. 그리고 마침내 그 최종 결론이 나왔다.

"이 석판은 1억 2천만 년 전 우파 지역 문명의 군사 지도입니다!"

연구진은 흥분을 감추지 못했다. 이는 기존의 인류 문명사를 뒤집는 충격적인 발견이었다. 공룡 시대에도 현재 수준의 과학 문명이 존재했다는 사실을 말해 주는 증거인 것이다.

"그들은 어떤 생명체였을까요? 우리와는 전혀 다른 진화의 갈래를 걸었을지도 모릅니다."

이제 연구진 앞에는 새로운 과제가 놓여 있었다. 바로 그 초고대 문명의 실체를 규명하는 일이었다. 그들은 이 미지의 세계를 밝혀내야만 했다.

"이 발견으로 우리는 새로운 문명의 역사를 쓰게 되었습니다. 인류 이전에도 이런 고도의 문명이 존재했다니, 정말 놀라운 일이 아닐 수 없습니다."

연구진은 이제 본격적으로 그 초고대 문명에 관한 연구에 착수했다. 석판에 새겨진 문자와 기호를 해독하고 제작 방식과 기술 수준을 분석하는 등 모든 수단을 동원했다.

"이 문자들은 새로운 체계를 가지고 있습니다. 어떤 기존 문자와도 공통점을 찾기 힘듭니다."

언어학자들은 석판 문자 해독에 고군분투했다. 낯선 형태와 원리 때문에 한동안 진전을 보지 못했다.

"여기 이 부분을 보세요. 태양과 행성의 운행 경로 같은 게 그려져 있습니다."

한편 다른 연구원은 석판에 새겨진 기하학 문양을 분석했다. 그 문양은 마치 천체의 운행 궤적을 형상화한 것 같았다.

"그렇다면 이 문명에는 상당한 수준의 천문학 지식이 있었다는 뜻입니다."

점점 그 고대 문명의 모습이 구체화되어 갔다. 발달한 문자와 천문학을 비롯해 현대 기술로도 만들기 힘든 정교한 제작 방식까지, 그들의 문화와 과학 수준이 엿보이기 시작했다.

어느 날 연구원 한 명이 외쳤다.

"여기 이 부분의 암석은 지금으로부터 약 6억 년 전 것입니다!"

석판 본체의 일부가 6억 년 전 지층 암석으로 이뤄져 있었고, 이는 그 문명이 최소 6억 년에 걸쳐 존속했을 가능성을 시사했다.

"6억 년이라… 그들의 문명은 상상을 초월할 정도로 발달했을 것 같아요."

연구진은 숨을 죽였다. 그들 앞에 펼쳐진 이 초고대 문명의 실체는 상상을 초월하는 수준이었다. 과연 그들은 어떤 존재였을까?

"우리가 알고 있는 인류 진화 역사와는 전혀 다른 갈래였을 것입니다. 아마 공룡과는 전혀 다른 생명체였을 거예요."

몇몇 연구원들은 그들이 지구에 존재했던 또 다른 지적 생명체였을 것으로 추측했다. 공룡과는 별개의 진화 과정을 거쳐 이런 고도의 문명에 이르렀다는 것이다.

"하지만 그들의 진화 경로가 어떻든 간에, 이 석판만 봐도 그들의 과학 문명 수준이 현재를 능가했음을 알 수 있습니다."

연구진은 석판 제작 기술에 주목했다. 현재 기술로도 만들기 어려운 정교한 가공 공정과 단단한 소재, 그리고 최첨단 기술로 제작된 것 같은 군사 지도 기능이 그 증거였다.

우주 항해 기술

"이렇게 발달한 과학 문명이라면 우주 항해 기술도 있었을 것입니다. 아니면 우리와는 전혀 다른 차원의 생명체일지도 모르죠."

일부 연구원들은 그들이 인류와는 비교가 되지 않는 수준의 초고도 문명이었을 가능성도 제기했다. 심지어 우주 생명체거나 다차원 존재들이었을지도 모른다는 가설까지 나왔다.

"그들에게도 한계는 있었을 것입니다. 무슨 이유에서인지 그 문명은 종말을 맞이했을 테니까요."

하지만 아무리 발달한 문명이라 해도 언젠가는 몰락할 수밖에 없다는 지적도 있었다.

"이 석판만으로는 부족합니다. 더 많은 유적과 자료를 찾아내지 않는 이상 그들의 실체를 가려내기는 힘들 것 같습니다."

하지만 아무리 노력해도 그들의 정체를 완벽히 규명하기는 어려웠다. 너무나 오랜 시간이 지나서 단서가 부족했기 때문이다.

하지만 그들은 포기하지 않았다. 이 초고대 문명에 관한 연구를 지속시켜 나가기로 결심했다.

"우리가 아직 이 문명의 실체를 완전히 밝혀내지 못했다고 해도, 이번 발견으로 인류 역사에 큰 발자취를 남기게 되었습니다."

이번 석판 발견으로 인류 문명의 기원에 대한 새로운 의문이 제기되었다. 공룡 시대에도 이런 고도의 문명이 존재했다는 사실 자체가 기존 인류 역사관을 뒤집는 발견이었다.

"이 초고대 문명은 우리에게 큰 경종을 울리고 있습니다. 아무리 발달해도 몰락할 수 있다는 교훈을 주는 것이죠."

일부 연구원들은 그 문명의 존재 자체가 인류 문명을 향한 경고라고 말했다. 아무리 찬란한 문명이라도 언젠가는 사라질 수 있다는 사실을 일깨워 주는 계기가 된 것이다.

"우리는 이 교훈을 명심해야 합니다. 그래야만 영원한 문명을 이어갈 수 있을 것입니다."

1억 년 된
손가락 화석

손가락 화석

1985년, 미국 텍사스주에서 발견된 이 화석은 학계에 충격을 안겼다.

"의심할 여지가 없는 손가락 화석입니다."

화석을 연구한 의사 데일 피터슨은 이렇게 단언했다. 그는 육안 관찰과 엑스레이, CT, MRI 등으로 정밀 분석한 결과를 토대로 이 같은 결론을 내렸다.

"뼈와 인대, 표피와 피하조직의 경계까지 완벽하게 구분되어 있습니다. 여성의 손가락일 것으로 추정됩니다."

하지만 대다수 학자는 이 화석의 진위 자체를 의심했다. 발견 당시 상황이 불분명하다는 이유에서였다. 일부 연구원은 화석 보존 상태에 의문을 제기했다.

"지층의 압력 때문에 온전한 손가락은 존재할 수 없습니다."

"손가락만 발견됐다면 잘려 나간 흔적이 있어야 합니다."

이에 피터슨 박사는 같은 지층에서 발견되는 곤충 화석들을 예로 들며 반박했다. 하지만 설득력은 크지 않았다.

과연 이 '1억 년 된 손가락 화석'이 실제 초고대 문명의 증거일까? 아니면 단순한 오해에 불과했을까? 학계의 논란은 가라앉지 않았다. 피터슨 박사를 지지하는 이들은 과학적 분석 결과를 전면에 내세웠다. 반면 회의론자들은 발견 상황과 보존 상태에 의문을 제기하며 맞섰다.

"정말 그 화석이 1억 년 전 것이라고 확신할 수 있습니까? 더 철저한 연구가 필요합니다."

"분석 결과를 신뢰할 수 없다는 건 아닙니다. 하지만 다른 가능성도 배제할 순 없습니다."

이렇듯 평행선을 달리는 가운데, 일부 연구진은 화석 자체에 주목하기보다는 그 의미에 주목해야 한다고 역설했다.

"설령 화석이 진품이 아니더라도, 우리 상식 밖의 발견들이 계속 이뤄지고 있다는 사실이 중요합니다."

그들은 이번 사례를 계기로 우리가 알지 못했던 새로운 진실을 향해 나아가야 한다고 주장했다. 기존 상식에 안주하지 말고 열린 자세로 이런 발견들에 귀 기울여야 한다는 것이다.

"혹시 우리가 몰랐던 과거 문명이 실제 존재했을 가능성은

없을까요? 이번 일을 계기로 그 가능성을 열어 두고 탐구해 봐
야 합니다."

하지만 동시에 이런 가설이 받아들여질 때 가져올 파장도 만
만치 않을 것이라는 우려도 제기되었다.

일부 학자들은 경고했다.

"만약 그렇다면 우리가 알고 있는 역사와 문명의 정의 자체
가 완전히 바뀌게 됩니다. 그 여파는 상당할 겁니다."

지금까지 인류가 겪어본 적 없는 새로운 지평을 열어야 한다
는 의미였다.

새 시대를 향한 도전

논란은 쉽게 가라앉지 않았다. 하지만 이 사례를 계기로 우
리는 중요한 메시지를 얻었다. 바로 기존 상식에 안주하지 말
고, 열린 자세로 새로운 발견과 가설에 귀 기울여야 한다는 점
이다. 우리 앞에는 아직 풀리지 않은 수수께끼가 너무나 많이
남아 있다. 따라서 이번 화석이 진품이든 가품이든, 그것 자체
에 천착하기보다는 이 사례가 우리에게 전하는 메시지에 주목
해야 한다.

"우리는 이번 일을 계기로 열린 자세와 도전정신을 가져야
합니다. 비록 불가능해 보일지라도 계속 새로운 진실을 향해

나아가야 합니다."

전문가들은 이같이 강조했다. 우리가 상식을 뛰어넘는 새로운 발견 앞에서도 두려워하지 말고 도전해야 한다는 것이다. 그리고 그 과정에서 문명의 지평을 넓혀가며, 인류의 상식을 끊임없이 업그레이드해야 할 것이라고 덧붙였다.

"설령 이 화석이 초고대 문명의 증거라 해도 두려워할 필요는 없습니다. 오히려 그것을 계기로 우리 인식의 지평을 넓혀 나가야 합니다."

'1억 년 된 손가락 화석' 사례는 우리에게 중요한 메시지를 남겼다. 우리는 이 사례를 발판 삼아 새로운 도전 의식을 가져야 할 것이다. 물론 이 화석의 진위는 계속 논란이 될 것이다. 하지만 그보다는 이 사례가 우리에게 안겨준 '새 시대를 향한 도전'이라는 메시지에 주목해야 한다.

15만 년 된
철제 파이프

정체불명의 철제 파이프

'지구 리셋설'을 뒷받침할 새로운 증거가 등장했다. 바로 1998년 중국 백공산 동굴에서 발견된 정체불명의 철제 파이프들이다. 당시 북경대 고고학 연구팀은 이 동굴 내부에서 사람 팔뚝만한 크기부터 손가락 만한 작은 크기까지 다양한 모양의 철제 파이프들을 발견했다.

'대체 이건 무엇일까?'

연구진은 의아해했다. 고고학 자료에 의하면 인류가 철 제련을 시작한 건 불과 2,500년 전의 일이었기 때문이다. 하지만 이 파이프들의 제작연대는 그보다 훨씬 이전인 것으로 드러났다.

"파이프는 30%의 산화철과 산화칼륨, 이산화규소 등으로 구

중국에서 발견된 철제 파이프

성되어 있습니다. 그 산화 기간이 적어도 15만 년 이상 지난 것으로 판단됩니다."

북경 지질연구소의 분석 결과는 충격적이었다. 15만 년 전이라면 호모 사피엔스가 막 출현한 구석기 시대였다. 이런 시기에 이미 철 제련 기술이 존재했다는 건 전례 없는 일이었다.

"만약 이 철제 파이프가 인공물이라면, 이는 정말 초고대 문명이나 외계인의 소행일 수밖에 없습니다."

일부 연구진은 회의적인 반응을 보였다. 결국 이 정체불명의 철제 파이프는 수수께끼로 남게 되었다. 인공물이냐 자연물이

냐를 두고 논란이 일기도 했지만, 아무도 명확한 해답을 내리지 못했다. 하지만 분명한 건 이 철제 파이프들이 지구 리셋설에 새로운 단서를 제공했다는 점이다. 15만 년 전 지구에 이미 고도의 기술력을 갖춘 문명이 존재했을 가능성을 열어 두게 된 것이다.

지구 리셋설의 유력한 가설

연구진은 말했다.

"이건 전례 없는 발견입니다. 우리가 알고 있는 인류 문명의 기원을 완전히 뒤집을 수도 있습니다."

기존 상식으로는 도저히 설명할 수 없는 이 현상 앞에서, 그들은 열린 자세로 새로운 가능성을 모색해야 한다고 입을 모았다.

"우리가 몰랐던 선진 문명이 과거에 존재했을지도 모릅니다. 이번 발견을 계기로 그 가능성을 열어 두고 탐구해 봐야 합니다."

이에 따라 연구진은 전 세계에 산재한 유사 사례들을 꼼꼼히 재조명하기 시작했다. 그리고 그 과정에서 놀라운 발견들이 이어졌다.

"과거 고대 유적지에서 발견된 일부 석회암 조각에는 정교한 기계 가공 흔적이 있었습니다."

"최근 우주 탐사선이 촬영한 화성 사진에는 인공 구조물로 의심되는 건축물들이 있더군요."

이런 사례들이 하나둘 불거지면서 지구 리셋설은 점점 더 유력한 가설로 부상했다. 물론 아직 결정적인 증거는 없다. 하지만 일부 전문가는 이 가설이 받아들여질 경우, 파장이 만만치 않을 것이라고 경고했다.

문명의 새로운 정의

중국 백공산에서 발견된 정체불명의 15만 년 전 철제 파이프는 지구 리셋설에 유력한 증거가 되었다. 기존 상식과 정의를 뛰어넘는 새로운 시대를 열어야 한다는 엄청난 과제가 우리 앞에 놓인 것이다.

"우리가 알던 모든 것을 다시 생각해 봐야 합니다. 역사와 문명에 대한 정의부터 새롭게 내려야 할지도 모릅니다."

수많은 의문과 수수께끼가 남아 있지만, 최소한 이번 발견을 계기로 우리는 열린 자세와 도전정신을 가져야 한다고 입을 모았다.

"비록 불가능해 보일지라도 계속해서 새로운 진실을 향해 나아가야 합니다. 그리고 그 과정에서 상식의 지평을 넓혀야 할 것입니다."

과거에 우리가 상상하지 못했던 고도의 선진 문명이 실제로 존재했을 가능성을 열어 두고, 그 실체를 탐구해 나가야 한다. 물론 이는 결코 쉬운 과제가 아니다. 수많은 회의와 반빌에 부딪힐 것이며, 때로는 좌절감에 빠질 수도 있다. 하지만 우리는 과감히 극복해 나가야 한다.

"두려움에 떨지 말고 도전해 나가야 합니다. 새로운 진실이 우리를 기다리고 있을 것입니다."

이번 발견은 우리에게 중요한 메시지를 남겼다. 우리는 이 메시지를 발판 삼아 새로운 도전 의식을 가져야 할 것이다. 그리고 언젠가 모든 수수께끼의 실마리를 꿰뚫을 날이 올 것이라는 희망한다.

3억 년 된 나사 화석

의문의 화석

1990년 러시아의 연구소 한편에서 열기 넘치는 토론이 한창이었다. 빅터와 그의 동료 연구원들은 최근 발견한 의문의 화석을 둘러싸고 열띤 공방을 벌이고 있었다. 그 화석은 마치 오늘

3억 년 전 만들어진 것으로 추정되는 나사 화석

날의 나사와 똑같은 모양을 하고 있었고, 추정 연대가 무려 3억 년 전이라는 사실이 알려지면서 학계에 충격을 던져 주었다.

빅터는 단호한 어조로 말했다.

"이건 단순한 자연물이 아니라 인공물일 거야. 3억 년 전에도 이런 정교한 구조물을 만들 수 있었다는 것은 말이 안 돼."

그는 이 화석이 외계인이나 초고대 문명의 유산일 거라고 주장했다. 하지만 다른 연구원들은 회의적으로 바라보았다. 특히 베테랑 연구원 안톤은 빅터의 주장을 곧바로 반박했다.

"그건 그냥 크리노이드라는 고생대 해양 생물일 뿐이야. 실제로 그 화석 중에는 나사 모양을 닮은 것들이 있다고 들었어."

빅터는 단호히 말을 받았다.

"하지만 이건 크리노이드라고 하기에는 모양이 너무 달라. 누가 봐도 다른 형태라고 할 거야."

안톤도 별다른 대꾸는 하지 못했다. 실제로 그 화석의 모습은 일반적인 크리노이드 화석과는 사뭇 달랐기 때문이다.

나사 화석은 인공물이다

연구진은 이내 본격적인 화석 분석에 착수했다. 우선 X-선 투과 촬영으로 화석 내부 구조를 꼼꼼히 살펴보았다. 그 결과 화석 속에 갇혀 있는 물체가 정말로 현대 나사와 흡사한 모양을 하고 있음이 드러났다. 단순한 자연물로는 도저히 설명할 수 없는 정교한 구조였다.

빅터는 확신에 찬 목소리로 외쳤다.

"이건 완전히 인공물이야. 자연적으로 만들어진 게 아니야!"

하지만 안톤을 비롯한 다른 연구원들은 아직 그렇게 단정 지을 순 없다며 의문을 제기했다.

"증거가 더 필요해. 지금으로선 아직 인공물이라고 말하기 이르지 않나?"

연구진은 이어서 화석의 재질 분석에 착수했다. 화학 분석 결과 화석은 주로 산화철과 규소 성분으로 이루어져 있었다. 하지만 그 외에도 소량의 금속 성분들이 혼합되어 있었는데, 그 비율이 인공물과 유사했다.

"이건 뭔가 이상해. 자연 상태에서 이런 구조와 성분 비율이 나올 리가 없어. 그렇지만 우리 기술로는 아직 정확한 생성 원리를 규명하기 힘들 거야."

연구실 안에는 혼란스러운 분위기가 흘렀다. 이 화석은 마치 자연과 인공의 경계에 서 있는 것만 같았다.

"이번 발견 덕분에 우리는 인류 문명의 기원을 바꿀 수도 있어."

빅터의 기대에 부푼 목소리가 연구실에 메아리쳤다. 다른 연구원들도 고개를 끄덕였다. 이 화석이 기존의 상식을 뒤집을 만한 대단한 발견이 될 수 있다는 데에는 모두가 동의했다. 하지만 이 화석의 정체를 밝히기 위해서는 더 많은 연구와 분석이 필요했다.

"그래도 최소한 이 화석이 우리에게 새로운 의문을 안겨 주었다는 건 사실이지. 앞으로 더 열심히 연구 해야겠어."

안톤의 말에 모두가 고개를 끄덕였다. 이 화석은 그들에게 새로운 수수께끼를 안겨 주었다. 3억 년 전 초고대 문명이 존재했을 가능성, 아니면 지구를 방문했던 외계 문명의 흔적일 수도 있다는 의문이 제기된 것이다.

"어떻게 됐든 앞으로 더 많은 증거를 찾아내야 해. 그래야만 진실에 다가갈 수 있을 거야."

연구원들은 이 화석이 안겨준 의문에 해답을 찾기 위해 전력을 다할 것을 다짐했다. 비록 지금은 그 정체를 가늠하기 어렵지만, 계속해서 증거를 찾아 나간다면 언젠가는 진실에 다가갈 수 있으리라 기대했다.

"이번 발견이 인류 문명의 역사를 바꿀 수 있는 계기가 되길 바랍니다."

과연 이 화석은 인류 문명의 기원을 바꿀 새로운 실마리가 될 수 있을까? 비록 아직은 수수께끼에 빠져 있어 확실한 건 아무것도 없지만, 연구진은 해답을 찾기 위해 계속 노력할 것이다.

20만 년 된 타일 바닥

기괴한 타일

세계 곳곳을 탐험하며 숨겨진 유물을 찾아 나서는 것은 고고학자들에게 있어 일이지만, 간혹 그들은 인류 역사를 완전히 뒤집어 놓을 만한 충격적인 발견을 하기도 한다. 1969년 6월 27일, 오클라호마주 지역신문 〈오클라호만〉에 흥미로운 기사 하나가 실렸다. '괴상한 구멍이 뚫려 있는 정체불명의 거대한 타일 바닥이 발견됐다'는 내용이었다.

모든 것은 브로드웨이 122번가 건설 현장에서 시작됐다. 건설 인부들이 지하 1m 지점에서 마치 현대 타일 바닥과 똑같은 모습의 특이한 암석층을 발견한 것이다. 인부들은 단번에 그 암석이 특별함을 직감했고, 이내 감독관과 언론에 제보했다.

기사에 기록된 타일 바닥

이 소식에 학계는 발칵 뒤집혔다. 일부는 자연물일 뿐이라고 일축했지만, 상당수 학자는 그 암석이 인공물일 가능성이 크다고 주장했다. 특히 오클라호마 지질학자 더우드 페이트는 단호한 어조로 말했다.

"타일의 모든 암석은 커다란 다이아몬드 형태로 일정하게 구성되어 있습니다. 또한 모든 돌은 정교하게 절단되어 있고 일제히 동쪽을 향하고 있죠. 이는 자연적인 형성이라기에는 이해하기 힘든 구조입니다."

페이트 박사는 이 암석이 수십만 년 전 고도로 발달했던 초고대 문명이나 외계 문명의 흔적일 가능성이 크다고 주장했다.

델버트 스미스 오클라호마 지구물리학회 회장 역시 이 의견에 동조했다.

"해당 암석들의 표면은 마치 누군가 가공을 해놓은 것처럼 매끈합니다. 갈라진 돌과 돌 사이에는 다른 종류의 진흙이 있던 것이 관찰됩니다."

스미스 회장은 지하 1m 아래에서 발견된 이 타일 바닥이 사실은 빙산의 일각일 수도 있다고 덧붙였다. 우리 발밑에 광활한 타일이 깔려 있을 수도 있다는 말에 사람들은 등골이 서늘해졌다.

2개의 구멍

이 사건에는 또 다른 의문점이 있었으니, 바로 타일 바닥에서 관찰되는 정체불명의 두 구멍이었다. 아직 그 구멍의 용도

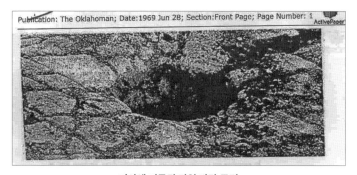

기사에 기록된 타일 바닥 구멍

는 밝혀지지 않았지만, 발견 당시 두 구멍 사이의 간격과 각 구멍의 깊이가 정확히 7m로 일치했다는 점이 지적되었다.

"이 2개의 구멍이 사실 하나로 연결된 게 아닐까? 그렇다면 이 타일은 인위적으로 만들어진 게 분명해."

일부 학자들은 이렇게 추측했다. 타일 바닥의 정교한 구조와 구멍의 정확한 규격 등이 자연 현상으로는 설명하기 어려웠기 때문이다. 연구가 한창 진행되던 중, 예기치 못한 사건이 발생했다. 몰상식한 관광객들에 의해 해당 지형이 심하게 훼손된 것이다. 이에 일부 음모론자들은 어떤 단체가 사실을 은폐하기 위해 고의로 파괴했다고 주장하기도 했다.

'정말 이 암석은 20만 년 전 초고대 문명의 잔재였을까? 아니면 먼 과거 외계인들의 흔적일까?'

학자들 사이에서는 추측과 의혹이 무성했다. 비록 연구가 중단되어 결론을 내리지 못했지만, 이 발견 자체만으로도 우리가 알던 인류 문명의 기원에 대한 의문이 제기될 수밖에 없었다.

호모 사피엔스의 건축 기술이다

더우드 페이트 박사를 비롯한 연구진은 이번 발견으로 인류 역사상 가장 중대한 발견을 했다고 자부했다. 만약 이 암석이 실제로 20만 년 전 초고대 문명의 유산이라면, 그것은 기존 역

타일 바닥을 살펴보는 사람

사 서술을 뒤집는 사건이 될 터였다.

"호모 사피엔스가 이런 고도의 건축 기술을 가졌다는 건 말이 안 됩니다. 아마 우리가 알지 못했던 또 다른 문명의 흔적일 겁니다."

연구진은 이런 가설을 세웠지만, 이내 다른 반론도 제기되었다. 일부 학자들은 그 암석이 지질학적 요인에 의해 자연스럽게 형성된 것일 수 있다고 주장했다.

"그런 정교한 구조와 재질이 자연적으로 만들어지긴 힘들겠지만, 그렇다고 해서 초고대 문명의 유산이라고 단정 지을 순 없습니다."

이렇게 서로 다른 주장이 평행선을 그었다. 결국 연구가 중단되면서 이 수수께끼의 정체는 미스터리로 남게 되었다. 하지만 이 발견 하나만으로도 많은 사람에게 인류 문명의 기원에 대한 새로운 의문을 안겨 주었다는 점에서 의의가 있었다.

"이번 발견으로 인류가 자신의 뿌리를 다시 한번 돌아볼 수 있는 계기가 되었으면 좋겠어요."

오클라호마 타일의 정체

델버트 스미스 회장의 이 말은 많은 이들에게 공감을 샀다. 비록 결론을 내리지는 못했지만, 이번 사건은 우리에게 인류 문명의 기원에 대해 근본적인 의문을 제기했다는 점에서 큰 의미가 있었기 때문이다.

이후 일부 탐험가들과 연구진은 이 수수께끼의 실마리를 좀 더 찾아보려 했다. 하지만 지역 주민들의 반대와 정부의 규제로 인해 본격적인 발굴 작업은 이루어지지 못했다. 결국 그들은 다른 지역을 탐색하며 새로운 증거를 찾아 나서야 했다.

"이번 일로 우리가 알고 있는 인류 문명의 역사에 큰 의문을 품게 되었습니다. 앞으로 더 많은 증거를 찾아내서 그 실마리를 풀어 나가야 할 것 같습니다."

한 연구원의 이 말처럼, 오클라호마의 미스터리한 타일 바닥 발견 사건은 많은 이들에게 인류 문명의 기원에 대한 새로운 의문을 안겨 주었다. 비록 그 정체를 밝히진 못했지만, 이 사건 하나만으로도 기존 상식을 뒤집을 만한 충격적인 발견이었다.

앞으로 계속해서 수수께끼의 실마리를 찾아 나간다면, 언젠가는 우리가 알지 못했던 인류 문명의 또 다른 뿌리를 발견할 수 있을지도 모른다. 끊임없는 탐구 정신으로 그 실체에 다가간다면 진실을 밝혀낼 수 있을 것이다.

30억 년 된 금속 구슬

완벽한 금속 구체

1976년, 남아프리카 공화국의 한 광산에서 충격적인 발견이 있었다. 원더스톤 실버 광산의 한 인부가 두꺼운 퇴적물 속에 박힌 금속 구체 여러 개를 우연히 발견한 것이다.

그 모습은 인공적으로 제작된 현대의 구슬과 흡사했다. 마치 지구 밖의 어딘가에서 만들어진 것 같았다. 과학계는 술렁였다. 상식적으로 이 금속체를 설명할 수 있는 이론은 어디에도 없었기 때문이다.

'지구 내부에서 만들어진 것일까? 아니면 우주 밖에서 왔을까? 아니면 설마 외계 생명체의 흔적일까?'

학자들 사이에서는 추측과 가설들이 무성했다. 일부는 유성

30억 년 된 금속 구슬 (1)

의 잔해일 것이라 주장했고, 또 다른 이들은 외계인의 소행이라며 엉뚱한 이야기까지 꺼냈다. 3년 후인 1979년, 위트워터스란드 대학의 맥아이버 교수와 비쇼프 교수가 이 금속 구체에 대한 면밀한 분석에 나섰다. 그들의 분석에 따르면, 구체의 크기는 지름 2cm에서 10cm까지 다양했다. 중앙에는 평행한 동심원 모양의 홈이 파여 있었고, 그 위에 정체불명의 구멍들도 있었다. 표면에는 니켈과 철 합금으로 된 0.5cm 두께의 금속 껍질이 구슬을 감싸고 있었다. 그 안에는 공기에 노출되면 쉽게 부스러지는 스펀지 모양의 섬유질이 들어 있었다.

하지만 가장 충격적인 사실은 이 금속 구체의 연대였다. 발견 당시의 암석층이 최소 28억 년 전에 형성된 지층이었기 때문이다. 28억 년 전이라니, 지구에 대기 중 산소조차 없었던 중생대 시기였다. 당시 대부분의 생물체는 단세포 생물에 불과했다.

'30억 년 전에 만들어진 인공물이라니, 이게 말이 되는 소리인가?'

인간이 만들 수 없는 금속

이 소식은 언론을 타고 전 세계로 퍼져 나갔다. 클럭스도프 박물관의 로엘프 막스 박사는 과감히 주장했다.

"이 구체는 완벽한 미스터리입니다. 이렇게 정밀한 구체의 균형을 자연이나 인간의 기술로는 만들어 낼 수 없죠. 오직 무

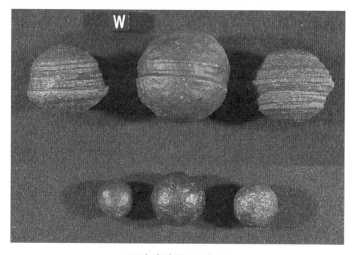

30억 년 된 금속 구슬 (2)

중력 상태에서만 가능합니다. 게다가 외부 금속 껍질은 강철보다 단단해 쉽게 긁히지도 않습니다."

일각에서는 이 구체의 형태가 토성의 위성 이아페투스와 흡사하다며, 외계인의 흔적일 것이라 주장했다. 이아페투스는 태양계에서 가장 미스터리한 천체로 꼽힌다. 적도를 가로지르는 기이한 산맥 그리고 육각형 모양의 크레이터 등 인공천체를 연상케 하는 특이한 지형 때문이다. 구체 표면의 동심원 모양 홈과 구멍들 또한 이아페투스의 지형과 닮아 있었다.

'스타워즈의 인공 행성인 데스스타를 연상케 하는구나!'

'30억 년 전 지구를 방문한 외계인들의 유산이 아닐까?'

하지만 다른 한편에서는 이를 반박하는 목소리도 있었다. 구체는 자연적으로 형성된 강철암 응결체일 뿐이라는 것이다.

"X선 회절 분석 결과 구체는 적철광과 규회석으로 이뤄진 강철암 응결체에 불과합니다. 30억 년 전 지층에서 발견되었다고 해서 외계인의 소행이라고 단정 지을 순 없습니다."

두 가지 상반된 주장이 평행선을 그었다. 하지만 구체가 강철암 응결체로 인정된다 해도, 여전히 그 정확한 원인과 구체 중앙의 평행한 홈, 완벽한 구 형태에 대한 의문은 해결되지 않았다. 더구나 구체가 최초 발견된 이후로도 주기적으로 발견되고 있다는 사실이 밝혀졌다. 현재까지 발견된 구체의 총수는 무려 200개가 넘는다. 이는 구체가 조작된 것이 아님을 방증한다.

'만약 이게 진짜 외계인의 소행이라면, 30억 년 전 지구에도

지적 생명체가 존재했다는 뜻 아닌가? 이건 상식을 벗어난 일이야.'

'그렇다고 해서 이 구체들이 자연적으로 형성되었다고 보기에는 너무 인공적인 구조로 되어 있어.'

수수께끼의 실마리는 꼬이기만 할 뿐, 풀리지 않았다. 일부 학자들은 앞으로도 이 수수께끼에 관한 연구를 지속시켜 나가겠다는 입장이다. 비록 아직은 명확한 결론을 내리기 어렵지만, 끊임없는 탐구를 통해 언젠가는 이 미스터리한 금속 구체의 정체를 밝혀낼 수 있으리라 기대하고 있다. 과연 이 구체는 외계인의 흔적일까 아니면 지구 내부에서 비롯된 자연 현상일까?

2억 년 전에 제작된 초고대 마이크로 칩

고대에 존재한 마이크로칩

세상에는 과학으로 설명할 수 없는 수수께끼 같은 현상들이 넘쳐난다. 우리는 그것을 '미스터리'라 부른다. 하지만 미스터리는 과학의 한계를 의미하는 것일까? 역사를 돌이켜 보면 인류는 끊임없이 의문에 답을 찾아왔다. 지동설이 천동설을 대체하듯, 새로운 패러다임의 등장으로 기존의 상식이 깨지곤 했다. 미스터리는 과학을 부정하는 것이 아니라 새로운 가능성을 제시하는 것이다. 그렇다면 다음 두 가지 고대 유물 미스터리를 통해 우리 상식을 뒤엎는 새로운 가능성을 가늠해 보자.

2013년, 러시아 크라스노다르의 어느 강에서 놀라운 발견이 있었다. 어부 빅토르 모로조프가 암석 속에 박힌 작은 물체

하나를 건져 올린 것이다. 마치 현대의 마이크로칩과 같은 모습에 규칙적인 형태까지, 이 물체는 한눈에 보기에도 인공물로 의심될 만했다. 모로조프는 즉시 폴리텍대학을 찾아가 이 암석을 기증했다.

이후 학자들과 연구원들의 공동 연구 결과, 충격적인 사실이 밝혀졌다. 이 작은 물체의 추정 연대가 무려 2억 2천만 년에서 2억 5천만 년 전이었던 것이다. 게다가 지질학자들은 이 물체가 인공적으로 광물의 용해를 막는 기술이 적용되어 있다고 발표했다. 상식을 벗어난 일이었다. 2억 5천만 년 전에도 이미 지적 생명체가 존재했단 말인가?

"이런 초고대 유물의 연대 측정에는 오차가 있을 수밖에 없지 않겠어?"

물론 탄소 연대 측정의 한계를 지적하는 회의론자들의 목소리도 있었다. 하지만 이번에는 탄소가 아닌 칼륨과 우라늄 등의 방사성 동위원소로 측정했다는 사실이 발표되었다. 이는 훨씬 오랜 기간의 연대를 가늠하는 방법이었다.

"하지만 그렇다고 해서 2억 년 전에 만들어진 인공물일 리가 없잖아? 이건 분명 자연의 작품일 거야."

해백합 화석

일부 회의론자들은 이 물체가 해백합 화석일 가능성을 제기했다. 과거 1990년에도 러시아에서 나사 모양의 화석이 발견된 바 있었다. 비정상적인 모습의 화석들이 인공물로 오인되는 경우가 있었다. 하지만 이번 물체는 해백합 화석과는 완전히 달랐다. 규칙적인 형태와 인위적인 기하학 문양까지, 너무나 정교한 구조를 지니고 있었기 때문이다.

"이건 단순한 돌멩이가 아냐. 분명 인공물이야!"

음모론자들 사이에서는 이 물체가 외계인의 기술에서 비롯되었거나, 아니면 초고대 문명의 증거라는 주장이 설득력 있게 다가왔다. 과연 이 신비한 마이크로칩은 어떤 기원에서 비롯된 것일까?

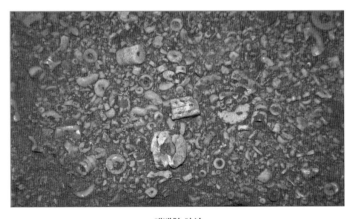

해백합 화석

지금까지도 그 정체는 미스터리로 남아 있다. 하지만 언젠가는 이 의문에 답을 찾을 수 있으리라 기대해 본다. 새로운 발견과 연구를 통해 우리 상식의 지평을 넓혀갈 수 있을 것이다.

미스터리한 마이크로칩 사건 외에도 지구 역사상 가장 오래된 것으로 추정되는 또 다른 인공물이 존재한다. 바로 약 6억 년 전의 것으로 알려진 '바이칼 지역의 정교한 나선 암석'이다.

바이칼 호수의 나선 모양 암석

1986년 2월, 시베리아 바이칼 호수 인근에서 한 지질학 탐사대가 놀라운 발견을 했다. 약 6억 년 전 시대의 암석층 속에서 완벽한 나선 모양의 암석 한 개체가 발견된 것이다.

"이게 무슨 소리야? 6억 년이라고? 그 시절에는 지구에 아무것도 없었을 텐데!"

당시 지질학자들 사이에서도 큰 혼란이 있었다. 6억 년 전 지구에는 단세포 생물조차 존재하지 않았기 때문이다. 하물며 이렇게 정교한 나선 구조물이 있었을 리가 없었다. 이 암석은 길이가 약 2.8cm, 지름 1.2cm 정도의 크기로 완벽한 나선 모양을 이루고 있었다. 그 모습은 마치 현대의 공작 기계로 가공한 것 같았다. 암석 표면에는 정확히 계산된 듯한 나선 홈이 파여 있었고, 외형상으로는 어떤 흠집조차 없이 매끈한 상태였다.

"이건 자연적으로 만들어진 게 아닐 거야. 분명 인공물이라고!"

일부 학자들은 이 정교한 나선 암석이 외계인의 기술에 의해 만들어졌을 가능성을 제기했다. 현재 인류 기술로는 도저히 불가능한 수준의 가공 정밀도를 지니고 있었기 때문이다. 하지만 다른 한편에서는 이를 반박하는 목소리도 있었다. 지구 역사상 6억 년 전에는 생명체 자체가 존재하지 않았다는 점에서, 이 암석이 외계인에 의해 만들어졌다는 주장은 터무니없다는 것이다. 이렇게 찬반양론이 평행선을 그었다. 하지만 정작 이 정교한 나선 암석 자체가 어떻게 만들어졌는지에 대한 명확한 설명은 없었다.

"이건 단순한 암석 그 이상, 이하도 아니라고 봅니다. 자연계에 존재하는 기하학적 구조물들이 우연히 그런 모양을 이루었을 뿐이죠."

일부 회의론자들은 이같이 주장했다. 하지만 대부분 전문가는 이 설명을 받아들이지 않았다. 너무나 완벽한 나선 구조이며, 자연적으로 만들어지기에는 정교하기 때문이다.

"어쩌면 지구 이전에 이미 다른 행성에서 발달한 문명이 있었을지도 모릅니다."

결국 이 정체불명의 나선 암석은 또 다른 미스터리가 되어 학계에 남게 되었다. 6억 년의 역사를 간직한 채 침묵을 지키는 이 신비로운 암석 앞에서 연구진은 고개를 갸웃거렸다. 수많은 가설과 이론이 제기되었지만, 그 어느 것 하나 만족스러운 해답이 되지는 못했다. 지구 생명체의 기원을 밝히는 실마리가 될 수도 있을 이 암석의 정체를 밝히는 일은 여전히 과학계의 큰 숙제로 남아 있다.

"어쩌면 이 암석은 우리가 알지 못하는 새로운 진실을 말해 주는 열쇠일지도 모릅니다. 우리는 아직 풀리지 않은 이 미스터리에 계속 도전해 나가야 합니다."

고대 유물의 수수께끼

과연 이 수수께끼 같은 암석의 정체는 무엇일까? 과학이 발달할수록 새로운 해답이 나올 수 있을지도 모른다. 아니면 영원히 미스터리로 남게 될지도 모를 일이다.

지금까지 살펴본 두 가지 고대 유물 미스터리를 통해 우리는 한 가지 공통점을 발견할 수 있다. 당시에는 지적 생명체가 존재할 리 없었던 시기에 제작되었다는 점이다.

하지만 바로 이 점이 우리로 하여금 기존의 상식에 의문을 품게 만들고, 곧 새로운 발견과 도전으로 이어질 수 있도록 한다.

"이건 말도 안 되는 소리잖아! 연구진이 무슨 착각을 했나 봐."

"아니야, 이건 분명 우리가 알지 못했던 새로운 진실이 숨겨져 있다는 뜻일 거야."

과학계에서는 이러한 미스터리에 대한 열띤 논쟁이 계속되고 있다. 일부는 연구 결과 자체에 오류가 있다고 주장하지만, 다른 이들은 이를 새로운 발견의 실마리로 삼으려 한다.

"만약 이 유물들이 진품이라면, 우리는 지구의 역사를 다시 써야 할지도 몰라."

"아니면 외계인의 흔적일 수도 있겠지? 우리 상상 이상의 진실이 숨겨져 있는지도 몰라."

지금까지 이 유물들의 정체는 미스터리로 남아 있다. 하지만 이러한 의문은 우리에게 새로운 가능성을 제시한다. 지구 외 다른 행성에서 발달한 문명에 대한 실마리나 혹은 초고대 문명에 대한 증거가 될 수도 있다. 그도 아니라면 우리가 밝혀내지 못한 미지의 문명이 남긴 유산일지도 모른다. 이런 증거를 통해 과학의 한계에 대해 한 번 더 고민해 보는 건 어떨까.

200만 년 된 조각상
남파 인형

110m 지하에 잠들어 있던 점토 인형

1887년 6월의 어느 평범한 날, 미국 아이다호주 남파 마을에서 한 남자가 땅을 파다가 특이한 물체를 발견했다. 바로 우물 공사를 맡은 토마스 커츠였는데, 그가 발견한 것은 110m 지하에서 나온 작은 점토 인형이었다.

"이건 대체 뭐지? 누가 이렇게 깊은 곳에 인형을 두고 갔을까?"

커츠는 단번에 그 물체의 비범함을 직감했다. 둥근 얼굴, 다부진 어깨, 긴 팔과 한쪽 다리가 부서진 모습. 누가 봐도 사람이 만든 조각상 같았기 때문이다. 그는 곧바로 지질학자 친구에게 연락해 분석을 의뢰했다.

"이 작은 인형에는 목걸이와 팔찌 같은 장신구 무늬가 보여.

200만 년 된 조각상

그리고 눈, 코, 입까지 정교하게 새겨져 있어."

지질학자 라이트 박사의 말이었다. 하지만 그가 발견한 또 다른 사실은 아주 충격적이었다. 바로 이 인형이 묻혀 있던 암석층이 무려 200만 년 전 플라이스토세 시대의 것이라는 점이었다.

"200만 년 전 북아메리카 대륙에 인류 문명이 존재했다니, 이건 상식을 벗어나는 주장이군!"

라이트 박사의 발표 이후 수많은 회의론자가 등장했다. 그들은 이런 주장들을 내놓았다.

"만약 그때 문명이 있었다면 다른 유물들도 발견되어야 해."

"화산 활동이나 지각 균열로 인해 생긴 자연 현상일 수 있어."

"원래 상층 지반에 있던 것이 우연히 낮은 곳으로 떨어졌을 거야."

하지만 현장 상황을 살펴보면 그런 가능성은 거의 없어 보였다. 우물 굴착 당시 맨 위층부터 철제 튜브로 단단히 고정해 놓은 상태였기 때문에, 중간에서 무언가 떨어질 리는 만무했다.

"이건 분명 자연적인 현상으로는 설명할 수 없어. 이 조각상은 200만 년 전 고대 문명의 산물일 거야!"

라이트 박사를 비롯한 일부 학자들은 이렇게 단언했다. 그들이 내세운 근거는 바로 조각상 표면의 산화철 분석 결과였다.

남파 인형과 산화철 성분

"이 인형에서 관찰된 산화철 성분은 현대 기술로는 만들어 낼 수 없는 형태였습니다. 그리고 정확히 200만 년 전 글렌페리 점토층의 산화철과 같았죠."

이렇게 수많은 증거가 잇달아 제시되자 과학계는 큰 충격에 빠졌다. 역사 교과서에 기록된 인류 문명의 기원과 완전히 배치되는 사실이었기 때문이다.

"이건 말도 안 돼! 어떻게 200만 년 전에 인류가 있었단 말인가?"

"그렇다고 이 조각상이 진품이 아니라고 할 수는 없어. 도대체 무엇이 진실일까?"

논란은 계속되었고, 결론을 내리기는 어려웠다. 결국 1987년 11월, 남파 인형은 그 정체를 밝히지 못한 채 아이다호 역사

박물관으로 옮겨졌다. 지금까지도 수많은 가설과 반박이 있었지만, 이 신비한 조각상의 정체를 만족스럽게 설명할 수 있는 이론은 나오지 않았다. 인류 역사를 뒤집을 수도 있는 이 작은 점토 인형은 여전히 미스터리로 남아 연구진을 수수께끼 속으로 이끌고 있다.

타임머신을 타고 온 누군가

혹시 시간 여행이 가능했다면 이 수수께끼는 쉽게 풀렸을지도 모른다. 누군가가 200만 년 전 지층에 장난삼아 이 조각상을 두고 온 것은 아닐까? 하지만 안타깝게도 시간 여행은 아직 불가능한 일이다. 그렇다면 이 작은 점토 인형은 대체 어떤 기원에서 비롯된 것일까?

"우리가 아는 인류 문명의 기원을 180만 년 이상 거슬러 올라가야만 한다니, 이건 상식을 벗어나는 일이에요."

"하지만 그렇다고 해서 이 조각상의 존재 자체를 부정할 순 없죠. 우리가 알지 못했던 새로운 가능성을 열어 둘 필요가 있습니다."

일부 학자들은 이렇게 주장했다. 과거에는 상상조차 할 수 없었던 일이지만, 앞으로 새로운 발견과 연구를 통해 인류 문명의 기원을 다시 써야 할지도 몰랐다.

"외계 문명의 흔적은 아닐까요? 아니면 지구에 우리가 알지 못하는 선조 문명이 있었는지도 모르겠어요."

심지어 일부 학자들은 이렇게 대담한 가설까지 내놓기도 했다. 200만 년 전에 존재했던 이 정교한 조각상을 두고 볼 때, 외계 문명의 가능성도 완전히 배제할 수 없다는 주장이었다.

"아니면 시간 여행이 가능했다면 이런 일도 있을 수 있겠죠? 미래에서 누군가가 장난을 친 것은 아닐까요?"

어떤 설명이 진실에 가장 가까울까? 아직 이 신비한 점토 인형에 대한 만족스러운 해답은 나오지 않고 있다. 수백만 년의 시간을 건너온 이 작은 조각상 앞에서 우리는 여전히 궁금증을 떨치지 못하고 있다.

점토 인형의 의의

라이트 박사는 말했다.

"우리가 알고 있는 역사는 아주 작은 부분에 불과할 수 있습니다. 이 조각상이 그 증거라고 봅니다."

200만 년 전의 정교한 조각상 하나가 기존 상식을 완전히 뒤집어 놓은 것이다. 이는 우리가 알지 못했던 새로운 세계가 존재한다는 의미기도 하다.

"아마도 앞으로 더 많은 발견이 있을 것입니다. 그리고 그때

마다 우리는 역사를 다시 써야 할지도 모르죠."

과연 그의 말대로 될까? 만약 그렇다면 우리는 머지않아 인류 문명의 기원에 대한 전혀 새로운 이야기를 듣게 될지도 모른다. 수백만 년 전 지구에는 상상할 수 없는 고대 문명이 있었다거나 아니면 외계인들이 이 행성을 방문했다는 등의 새로운 가설이 나올 수도 있을 것이다. 물론 그런 가설이 제기된다고 해서 모두가 받아들이기는 쉽지 않을 것이다. 하지만 분명한 것은 상식을 뛰어넘는 새로운 발견들이 우리의 지평을 넓혀갈 것이라는 점이다.

"과학은 늘 진화해 왔습니다. 상식이라는 것도 변할 수밖에 없는 게 과학의 본질이죠."

이런 말이 있다. 과거에는 불가능하다고 여겼던 일들이 과학 기술의 발달로 인해 가능해진 경우가 부지기수였다. 200만 년 전 문명의 존재 여부 역시 마찬가지가 아닐까?

미스터리와 과학

한때 미스터리에 불과했던 일들이 과학의 발전으로 인해 해명되고, 새로운 지식으로 자리 잡게 되는 과정을 우리는 수없이 목격해 왔다. 갈릴레오 갈릴레이가 지동설을 주장했을 때도 많은 이들이 그를 비웃었다. 하지만 그의 주장은 결국 진실로 드러났고, 천문학은 새로운 지평을 열게 되었다. 아이작 뉴턴의 만유인력 법칙, 아인슈타인의 상대성 이론 등도 마찬가지였다. 당시에는 받아들이기 힘든 이론들이었지만, 시간이 지나면서 그것들은 새로운 상식이 되었다.

라이트 박사는 말했다.

"과학사를 돌이켜 보면 한때 미스터리로 여겨졌던 현상들이 나중에는 자연스럽게 설명되는 경우가 많았습니다."

200만 년 전 문명의 존재 여부 역시 지금으로서는 미스터리지만, 앞으로 새로운 발견과 이론의 등장으로 밝혀질 수 있다는 것이다.

"하지만 그렇다고 해서 모든 미스터리가 과학으로 설명되는 것은 아닙니다. 때로는 영원한 수수께끼로 남게 되기도 하죠."

그는 경고했다. 과학에는 한계가 있으며, 인간의 이성으로는 설명할 수 없는 영역 또한 존재한다는 점을 잊지 말아야 한다는 것이다. 남파 인형은 지금까지 그 정체가 밝혀지지 않은 채 수수께끼로 남아 있다. 하지만 이 작은 조각상 하나가 우리에게 전해 주는 메시지는 크다. 우리가 알고 있는 것은 사실 빙산의 일각에 불과할 수 있다는 점 그리고 새로운 발견을 통해 기존의 상식을 부수고 지평을 넓혀나갈 수 있다는 점이다.

라이트 박사는 말을 이었다.

"이 조각상 앞에서 우리가 배워야 할 교훈은 바로 열린 자세와 겸허함입니다."

작은 점토 인형 하나가 인류에게 전해 주는 메시지는 결코 작지 않다는 것이다. 우리는 이미 알고 있는 것에 안주하지 말고, 새로운 발견과 가능성에 열린 자세를 가져야 한다. 그리고 우리가 아직 모르는 것이 너무나 많다는 사실을 인정하는 겸허함이 필요하다.

"만약 우리 조상들이 이러한 자세를 갖추지 못했다면, 인류 문명은 발전할 수 없었을 겁니다. 이제 우리도 그 조상들의 자세를 본받아야 합니다. 비록 지금은 미스터리일지라도 언젠가는 그 답을 찾을 수 있을 것입니다."

역사상 수많은 발견과 이론이 그랬던 것처럼 이 신비로운 조각상 또한 언젠가는 우리에게 새로운 지평을 열어줄 것이다. 그때를 위해 우리는 지금부터 열린 자세와 겸허함을 갖추어야 한다.

1억 년 전 인간과
공룡의 발자국

백악기 화석

1억 년 전 백악기의 시간을 건너온 신비로운 화석 한 점이 과학계에 큰 파문을 일으켰다. 바로 공룡과 인간의 발자국이 함께 새겨진 암석 화석이었는데, 이는 기존의 상식을 완전히 뒤엎는 발견이었기 때문이다.

2001년, 텍사스 스테판빌 지역에서 고고학자 앨비스 델크가 이 의문의 화석을 발견했다. 팔룩시 강가 백악기 지층을 조사하던 중 우연한 기회에 발견한 것이었다.

"이게 무슨 소린가? 공룡 발자국 위에 인간의 발자국이 있는 건가?"

델크 박사는 화석을 자세히 들여다보았다. 공룡 발바닥 중앙에 인간의 발자국이 새겨져 있었고, 그 주변의 진흙이 밀려 나가 있는 모습이었다. 이는 인간의 발자국이 먼저 있었고 그 위를 공룡이 지나갔다는 의미였다.

"상식적으로 말이 안 됩니다. 지구 역사상 인간과 공룡이 공존했던 적은 없었는데…"

곧바로 델크 박사는 이 암석을 연구실로 가져와 동료 제임스 비숍과 함께 분석에 착수했다. 하지만 이 발자국의 주인공이 아크로칸토사우루스라는 것 외에는 별다른 성과를 얻지 못했다.

지구 역사를 바꾸는 화석

"더 철저한 조사가 필요해."

결국 델크 박사는 유명 화석 수집가 칼 바우 박사에게 이 암석을 저렴한 가격에 판매하기로 결심했다. 칼 박사는 암석의 내부를 확인하기 위해 근처 병원에서 엑스레이x-ray와 CT 촬영을 시행했다.

"놀랍군! 엑스레이 사진 속에서 발자국 아래 윤곽선이 보이네? 이건 화석이 진품임을 입증하고 있어."

약 800장의 엑스레이 사진에는 발자국 표면 밑에 그어진 뚜렷한 윤곽선들이 보였다. 칼 박사는 이것이 발자국이 만들어질 당시 암석 내부의 밀도 변화를 의미하며, 화석이 조작된 것이 아닌 진품임을 증명한다고 주장했다.

"화석 아래에 존재하는 윤곽선은 발자국이 만들어질 당시 암석 내에 있었던 밀도의 변화를 의미합니다. 동시에 이것은 화석이 조작된 게 아닌 확실한 진품임을 입증하는 증거입니다."

하지만 이러한 노력에도 불구하고 많은 학자는 회의적인 반응을 보였다. 고생물학자들은 의료용 CT가 석회암 촬영에 적합하지 않다며 전문 산업 시설을 이용해야 한다고 지적했다.

"의료용 CT는 석회암을 촬영하기엔 너무 낮은 에너지 빔을 사용하고 뼈와 조직에 대한 부적절한 보정 처리가 이루어집니다. 이것이 고생물학자들이 전문 산업 시설을 사용하는 이유입니다."

"의료 시설은 고고학자나 물리학자가 담당하는 곳이 아닙니다."

이렇듯 조작 의혹이 제기되자 고고학자 이안 쥬비는 이 암석이 팔룩시 강에 널려 있는 흔한 석회암이라고 설명하며 약한 바위를 깨뜨리지 않고 조각하는 것은 불가능에 가깝다고 주장했다. 찬반 논란이 계속되는 가운데, 일부 학자들은 이 발자국 화석이 인간과 공룡의 공존 가능성을 시사한다며 파격적인 가설을 내놓기도 했다.

"만약 이 발자국이 진품이라는 것은 지구 역사에 인간과 공룡이 함께 살았던 시기가 존재했다는 의미입니다. 기존 역사 이론을 수정해야 할지도 모르겠어요."

화석이 진품으로 밝혀진다면 우리가 알고 있는 지구 역사를

180도 바꿔야 한다. 하지만 한편에서는 여전히 회의적인 시선이 이어졌다. 발자국 화석의 진위가 불확실하다는 이유에서였다. 설령 화석이 진품이라 하더라도 인간의 발자국일 가능성은 없다는 주장이었다. 인간보다는 미확인 생물체의 발자국에 가깝고, 그것도 아니라면 시간 여행자가 장난을 쳤다는 주장까지 이어졌다. 이 화석을 만들었는지, 어떤 의도로 만들어졌는지 아무도 모른다는 점에서 시간 여행 가설 역시 완전히 배제할 수는 없었다.

"결국 이 화석의 진위를 가리기 위해서는 전문 연구기관의 정밀 분석이 필수적입니다."

일부 학자들의 지적처럼 병원에서 촬영한 엑스레이나 CT 영상만으로는 이 화석의 정체를 밝히기 어려웠다. 전문 연구기관의 첨단 장비를 동원한 정밀 분석이 꼭 필요하다는 주장이었다.

"우리 연구소에서 이 화석을 분석해 보겠습니다. 암석 내부 구조와 성분 등을 자세히 살펴볼 계획입니다."

1억 년 전의 발자국은 누구의 것인가

결국 한 지질학 연구소가 이 논란의 암석을 인수해 본격적인 연구에 착수했다. 연구원들은 최신 분석 장비를 동원해 암석의 내부 구조와 성분 등을 꼼꼼히 들여다보았다.

"지금까지 분석한 결과, 이 암석은 약 1억 년 전 백악기 지층에서 형성된 석회암으로 보입니다."

며칠 후 연구소에서 중간 분석 결과를 발표했다. 암석 자체는 분명 1억 년 전 백악기 시대의 것으로 확인되었다는 것이다.

"발자국 화석의 경우 아직 그 기원을 단정 지을 순 없습니다. 더 정밀한 분석이 필요할 것 같습니다."

발자국 화석 자체의 기원에 대해서는 아직 단정 지을 수 없다는 게 연구소의 주장이었다. 정밀 분석을 거쳐야 그 정체가 밝혀질 것이라고 내다봤다. 그렇게 발자국이 인류 이전의 미지의 생명체와 관련이 있을 수도 있다는 가능성을 열어 두었다. 발자국 화석이 인간과는 전혀 다른 미지의 생명체일지도 모른다는 파격적인 가설이 제기된 것이다. 아직 밝혀지지 않은 새로운 진실이 존재할 가능성은 그 누구도 배제할 수 없다는 이유였다.

연구소의 분석이 한창 진행되는 가운데, 일각에서는 이 논란의 행방에 촉각을 곤두세웠다. 만약 이 화석이 진품으로 판명된다면 어떤 파장이 일어날지 누구도 예측하기 힘들었다.

만약 발자국이 실제 인간의 것으로 드러난다면 지구의 역사를 완전히 새롭게 써야 될 판국이었다. 시간 여행 등 상상할 수 없었던 새로운 가설까지 나올 수 있으며 그 외 상식을 뛰어넘는 수많은 가설이 새롭게 등장할 수밖에 없었다. 과연 1억 년 전의 발자국은 누구의 것이었을까.

1억 년 전 인간은 과연 지구에 존재했는가
그 대답은 1억 년 전 흔적을 남긴
발자국의 주인만이 알 수 있다.

3만 년 된 암석에서 발견된 초고대 전자기계

구석기 시대에 존재한 전자기기

발칸반도의 한 고립된 산중 동굴에서 발견된 기이한 암석 하나가 과학계에 충격을 가했다. 마치 현대의 변압기와 흡사한 모습이었지만, 제작연대가 무려 3만 년 전이라는 사실이 밝혀졌기 때문이다.

2017년 3월, 코소보 샤르산맥 드라고시 지역에서 고고학자 이스멧 스밀리 박사가 이 의문의 암석을 발견했다. 한 암벽 동굴 안에서 우연히 발견된 것으로, 돌 좌우에 철사 같은 것들이 붙어 있었고 만지면 부스러지는 상태였다.

"이게 무엇일까? 마치 변압기 같은데…"

스밀리 박사는 곧바로 이 암석을 코소보 국립박물관에 가져가 분석을 의뢰했다. 3개월 후 연구 결과가 전해졌는데, 그 내용은 너무나 충격적이었다.

"이 물체의 제작연대가 무려 3만 년 전이라고 합니다!"

높이 35cm의 8각 기하학 형태를 한 이 암석에는 구리 전자기 코일이 내장되어 있었다. 코일 사이에는 절연체도 있었고, 아래에는 4개의 대칭 구멍이 나 있어 현대 삼상 소켓과 비슷했다.

"이 구멍들은 변압기에서 받은 에너지를 모으는 데 사용되었을 것입니다."

하지만 구석기 시대에 전자기기가 존재했다는 건 말이 되지 않는다.

"당대 과학 기술로는 이런 물건이 있을 리가 없습니다. 시대를 뛰어넘은 물체라고밖에 볼 수 없습니다."

이 물체는 'Revealed Mysteries'라는 사이트를 통해 세상에 처음 공개되었고 여러 논란이 일었다.

"그저 오래된 건축 현장에서 쓰던 변압기일 뿐이야."

"동굴 주변에는 사람이 살지 않았고 공업 시설도 없었어."

"3만 년 된 구리 전선은 있을 수 없어. 이건 조작일 거야."

지구에서 존재하지 않는 원소

회의적인 반응도 있었지만, 한편에서는 물체의 진위를 인정하는 목소리도 나왔다.

"구리선이 녹색과 검은색을 띠는 것은 오랜 산화 과정을 거쳤다는 증거입니다. 이 물체는 분명 3만 년 전 제작된 것이 맞습니다."

논란이 계속되자 연구진은 더 정밀한 분석에 착수했다. 최첨단 기기를 동원해 물체의 재질과 구조를 낱낱이 살펴봤다.

"이 물체는 순수한 구리 성분이 아닌 것으로 보입니다. 지구에서 자연 발생할 수 없는 합금 원소들이 혼합되어 있습니다."

정밀 분석 결과 이 물체의 구리 성분에는 지구에 존재하지 않는 특이한 원소들이 혼합되어 있었다. 이는 자연 발생이 아닌 인공 제작을 의미했다.

"전자기 코일의 배열과 구조 역시 현대 기술을 능가하는 수준입니다. 이렇게 복잡한 설계는 3만 년 전에는 있을 수 없는 일입니다."

나아가 전자기 코일의 정교한 배열과 구조 역시 현대 기술을 뛰어넘는 것으로 밝혀졌다. 3만 년 전 구석기 시대에는 이런 복잡한 설계와 가공이 불가능했다는 의미였다.

"어쩌면 이 물체는 우리가 알지 못하는 고대 문명의 산물일지도 모릅니다. 아니면 시간 여행의 결과물일 수도 있습니다."

이에 일부 연구진은 대담한 가설을 내놓기에 이르렀다. 이 물체가 지구에 존재했던 미지의 고대 문명 유적일 가능성과 심지어는 시간 여행의 결과물일지도 모른다는 추측까지 제기되었다.

"시간 여행이라니, 그건 너무 비현실적인 가설 아닙니까?"

"하지만 이 물체를 보면 그럴 만한 의구심이 드는 건 사실입니다."

이런 가설에 회의적인 반응도 있었지만, 동시에 이 물체가 주는 의문점 때문에 그럴 만한 가설이라는 의견도 나왔다.

"어쨌든 이 물체에는 분명 우리가 모르는 진실이 있을 것입니다. 계속해서 연구를 이어가야 합니다."

결국 연구진은 이 의문의 물체에 숨겨진 진실을 밝혀내기 위해 계속해서 연구를 이어 나가기로 했다. 설령 가설이 터무니없어 보일지라도 객관적 증거가 있다면 배제할 수 없기 때문이다.

"이번 기회에 우리가 알지 못했던 새로운 진실이 밝혀지길 기대해 봅니다."

연구를 주도한 박물관 측은 이렇게 기대감을 내비쳤다. 이번 사례를 통해 그동안 우리가 몰랐던 새로운 역사적 진실이 드러나기를 희망한 것이다. 하지만 한편에서는 이런 반응에 대해 우려의 시선도 있었다. 만약 이 물체가 실제로 미래에서 넘어온 것이라면, 그 충격과 파장이 너무나 클 것이라는 지적이었다.

"만일 이 물체가 미래에서 왔다면, 우리 문명에 엄청난 혼란이 올 수도 있습니다."

변압기의 정체

코소보에서 발견된 '3만 년 된 변압기' 사건은 전 세계를 충격에 빠트렸다. 당대의 과학 기술로는 존재할 수 없는 물체였기 때문이다.

연구진은 정밀 분석을 거듭했지만, 이 물체의 기원과 정체에 대해서는 여전히 의문이 남아 있었다. 고대 문명 유산설, 시간 여행 가설 등 다양한 추측이 나왔지만, 어떤 것도 완벽한 설명이 되지는 못했다.

연구진은 말했다.

"이 물체에는 분명 우리가 모르는 큰 진실이 숨겨져 있을 것입니다."

상식을 벗어나는 이 물체 안에는 인류가 아직 모르는 역사적 진실이 담겨 있을 것이라는 기대감을 피력한 것이다.

하지만 동시에 우려의 목소리도 있었다. 만약 이 물체가 실제로 미래에서 넘어온 것이라면 그 충격과 파장이 너무나 클 것이라는 지적이었다.

"우리 문명에 엄청난 혼란이 올 수도 있습니다. 철저히 대비해야 합니다."

결국, 이 사건은 수수께끼로 남게 되었다. 연구진도, 일반인들도 이 물체의 정체를 밝혀내지 못한 채 의문만 남겨 두었다.

이 사건은 우리에게 중요한 메시지를 전했다. 바로 우리가

알고 있는 것 외에도 아직 모르는 진실이 세상에 존재한다는
사실을 일깨워 준 것이다.

3억 5천만 년 된
바퀴

오래된 광산에서 발견된 현대 바퀴

지구 역사상 가장 오랜 시간 동안 인간의 손길이 미치지 않은 곳은 우크라이나 도네츠크 광산의 깊숙한 지하다. 2008년, 이곳에서 전 세계를 충격에 빠트릴 기이한 발견이 있었다.

당시 950m 지하에서 터널 작업을 하던 광부들이 천장에 박힌 이상한 물체를 발견했다. 바퀴 모양을 한 듯한 이 물체는 지층 속에 박혀 있었다.

"이게 뭐지? 도저히 상상이 가질 않는군."

발견 당시 현장에 있던 한 광부가 경악을 금치 못했다. 그 역시 이 물체가 너무나 비현실적으로 보였다.

광부들은 즉시 관리자 카사트킨에게 상황을 알렸고, 그는 물체의 형태를 살펴보기 위해 주변을 격렬히 긁어내는 모습을 촬영했다. 마치 바퀴 같은 형상이 서서히 드러나는 것이었다.

카사트킨은 경악을 금치 못했다. 그는 즉시 연구진을 초청해 이 물체에 대한 분석을 의뢰하려 했지만, 광산 소유주의 반대에 부딪혔다.

"우리 엔지니어 팀은 물체 개입을 금지당했고, 작업 속도를 높이라는 지시를 받았습니다."

결국 카사트킨은 지역 언론사에 이 사실을 제보할 수밖에 없었다. 하지만 이내 광산 전체가 침수되면서 물체 역시 영원히 접근할 수 없어졌다.

바퀴의 정체

"고생대 생물일 수도 있고, 고대 문명의 유산일 수도 있습니다. 어쨌든 이건 우리 상식을 뒤엎는 발견이었습니다."

도네츠크 광산의 미스터리한 발견은 수수께끼로 남게 되었다. 일부는 이 물체가 고생대 생물 화석일 것으로 추측했고, 다른 이들은 초고대 문명의 유산일 거라 주장했다. 하지만 이런 가설들도 실체를 정확히 규명하기에는 한계가 있었다. 왜냐하면 이 물체는 결국 영원히 접근할 수 없는 곳에 갇혀 버렸기 때문이다.

광산 침수 사고 이후 더 이상 조사할 수 없어졌으나 전 세계 곳곳에서 발견된 '설명되지 않는 유적과 유물들'에 대한 것들과 유사함을 발견할 수 있었다. 일부 연구원 역시 도네츠크 사례에 주목하며 그동안 설명되지 않았던 유사 사례들을 재조명하기 시작했다.

한 고고학자가 말했다.

"과거에도 이런 식의 의문스러운 발견들이 있었지만, 대부분 무시되거나 은폐되었습니다. 하지만 이제는 달라야 합니다."

그동안 무시되었던 수수께끼 같은 발견들이 새로운 관점에서 재조명되기 시작했다.

불가능을 향한 연구

일부 연구진은 도네츠크 광산 사례를 계기로 그동안 무시되었던 수수께끼들이 하나의 실마리가 될 수 있었다고 추측했다. 동시에 우려의 목소리도 있었다. 만약 이런 가설들이 사실로 드러날 경우, 그 충격과 파장이 너무나 클 것이라는 지적이었다.

하지만 대다수 연구진은 진실을 밝히는 것에 주저함이 없었다. 이런 기회를 통해 우리가 알지 못했던 새로운 지평을 열어갈 수 있을 것이라는 기대감 때문이었다. 결국 도네츠크 광산 사례는 미스터리로 남게 되었고, 이 사건을 통해 우리가 알고 있는 것 외에 아직 모르는 진실이 세상에 가득하다는 사실을 일깨워 주었다.

불가능해 보일지라도 계속해서 새로운 진실을 향해 나아가야 한다. 그리고 그 과정에서 문명의 지평이 또 한 번 나아갈 것이다.

5억 년 된
마이스터 발자국

발자국 화석

인류 역사에 수많은 수수께끼가 존재한다. 상식을 뛰어넘는 의문스러운 유적과 유물처럼 말이다. 어쩌면 이런 발견들이 우리에게 전혀 새로운 진실을 알려 주는 실마리일 수도 있다. 지구 리셋 이론가들은 바로 이런 가능성에 주목한다. 그들은 인간 문명 역시 탄생과 몰락을 반복해 왔다고 주장한다. 이를 뒷받침하는 대표적인 증거로 제시되는 것이 바로 '5억 년 된 발자국 화석'이다. 1965년, 미국 유타주에서 발견된 이 화석은 인류의 상식을 뒤집어 놓았다.

"이건 도저히 받아들일 수가 없습니다. 5억 년 전에는 고작 단세포 생물만 있었을 뿐이잖아요?"

5억 년 된 발자국 화석

당시 많은 학자가 이렇게 반박했다. 그러나 화석을 발견한 마이스터와 지질학자 버딕은 물러서지 않았다.

버딕은 역설했다.

"발뒤꿈치 부분이 앞꿈치보다 깊게 파여 있습니다. 이는 발이 땅에 닿을 때 생기는 흔적입니다."

화석 안에는 인간의 발자국 외에도 6억 년 전 삼엽충 화석이 남아 있었다. 일부 연구진은 이를 두고 충격적인 가설을 내놓았다. 만약 이 화석이 진품이라면 5억 년 전에도 상당한 수준의 문명이 존재했다는 의미가 된다. 하지만 다른 한편에서는 이를 부정하는 반론도 제기되었다.

"우리가 알고 있는 역사는 전부 다시 쓰여야 할 것입니다."

지질 연대 측정 오류 가능성, 조작 의혹 등 다양한 반박 이유가 나왔다. '5억 년 된 발자국 화석'을 둘러싼 논란은 가라앉지 않았다. 일부는 이를 초고대 문명의 증거로 받아들였지만, 다른 이들은 여전히 회의적인 시각을 거두지 않았다.

"연대 측정 오류가 있었을 수 있습니다. 아니면 조작된 화석일 수도 있죠."

"그렇다고 해도 이렇게 이례적인 화석이 발견된 것 자체로도 의미가 있습니다."

어린아이 발자국 화석

찬반양론이 팽팽히 대립하는 가운데, 또 다른 의문의 발자국 화석이 발견되면서 논란에 불을 지폈다. 바로 인근 지역에서 약 15cm 크기의 어린아이 발자국 화석이 추가로 발견된 것이다.

버딕 박사는 역설했다.

"이는 단순한 우연이 아닙니다. 두 발자국 모두 같은 지층에서 나왔습니다."

그는 두 발자국이 모두 삼엽충 화석이 발견된 지층에서 나왔다는 점을 강조했다. 이에 대해 반대 측은 '그렇다고 해서 5억 년 전에 인류 문명이 있었다고 볼 순 없다'며 맞섰다. 그들은 여전히 화석의 진위 자체를 문제 삼았다.

"정말로 그 화석이 5억 년 전 것이 맞는지 제대로 된 과학적 검증이 필요합니다. 그전에는 아무것도 단정 지을 수 없습니다."

이렇듯 평행선을 달리는 가운데, 일부 연구진은 화석 자체에 주목하기보다는 그 의미에 주목해야 한다고 역설했다.

"설령 화석이 진품이 아니더라도, 우리 상식 밖의 발견들이 계속해서 이뤄지고 있다는 사실 자체가 중요합니다."

그들은 이번 사례를 계기로 우리가 알지 못했던 새로운 진실을 향해 나아가야 한다고 주장했다.

"기존 상식에 갇혀서는 안 됩니다. 열린 자세로 이런 발견들에 귀 기울여야 합니다."

결국 '5억 년 된 발자국 화석' 사례 역시 미스터리로 남게 되었다. 하지만 이는 우리에게 중요한 메시지를 전했다. 우리는 이 사례를 계기로 열린 자세와 도전정신을 가져야 할 것이다.

불가능해 보일지라도 계속해서
새로운 진실을 향해 나아가야 한다.
그리고 그 과정에서 문명의 지평을 넓혀가며,
인류의 상식을 끊임없이 업그레이드해야 할 것이다.

3장

외계 문명의 흔적

남극 심해 안테나

해저에서 발견된 의문의 물체

1964년 어느 날, 미국 국립과학재단이 건조한 세계 최초의 남극 탐사선 엘타닌호가 남극의 깊은 해저에서 굉장히 특이한 물체 하나를 포착했다. 당시 미 해군은 남극에 이동식 기지를 건설하기 위해 인근 해역의 수심을 조사하던 중이었는데, 해저 4,200m 지점에서 우연히 발견된 물체는 마치 현대의 안테나와 닮아 있었다.

한반도의 가장 높은 산인 백두산의 높이는 2,744m다. 백두산을 훌쩍 넘는 깊이에 의문의 물체가 있는 것도 희한한 사실인데, 위치를 살펴보면 의문은 더욱 가중된다. 이곳은 남미 최남단에 있는 혼곶에서도 약 1,600km가 떨어진 망망대해였다. 이

세계 최초 남극 탐사선 엘타닌호

른바 세계에서 가장 황량한 바다라 불리는 이곳은 주위를 아무리 둘러보아도 유빙 말고는 아무것도 찾아볼 수 없는 곳이었다.

남극 안테나의 존재

혼곶에서 남극으로 가는 길은 강한 파도와 빠른 해류로 인해 예로부터 선원들의 무덤으로 불릴 만큼 굉장히 위험한 길이었다. 그런 곳의 심해에 덩그러니 이상한 물체가 서 있는 것이다. 이 소식을 들은 뉴질랜드의 최대 일간지 〈뉴질랜드 헤럴드〉의 편집장은 눈이 반짝였다.

"이건 특종이야!"

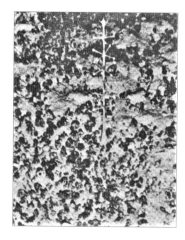

남극에서 발견된 안테나

〈뉴질랜드 헤럴드〉를 통해 의문의 물체는 세상에 최초로 공개되었고 빠르게 전파되었다. 당시 소식을 접한 사람들은 해당 물체를 두고 열띤 논쟁을 펼쳤다.

"물체의 모양이 보이십니까? 1.2m 정도 되는 기둥에 방사형으로 뻗어진 12개의 막대가 달려 있습니다. 거기에 막대는 완벽한 대칭을 이루고 있고 끝부분은 각각 둥그런 모양을 보여줍니다. 마치 현대의 안테나 같이 말입니다."

의문의 물체는 안테나의 모양과 굉장히 흡사한 모습을 보였고 그때부터 대중은 이를 '남극 안테나'라 부르기 시작했다. 하지만 당시의 기술력으로는 해저 4,200m까지 도달할 방법이 없었기 때문에 직접 확인할 수가 없어 남극 안테나에 대한 궁금증은 커져만 갔다.

"남극 안테나는 초고대 문명의 잔재입니다! 초대륙 당시 남극은 빙하를 찾아볼 수 없는 매우 따뜻한 기후에 놓여 있었죠. 아마 남극 대륙을 덮고 있는 높이 3km의 빙하 아래에는 분명 남극 안테나와 같은 유물이 수도 없이 많이 숨겨져 있을 것입니다."

항간에는 남극 안테나가 고대 문명의 유물이라고 주장하였다. 문제는 만일 그 말이 사실이라면 남극 안테나는 약 2억 년 전의 유물이 되는 격이었다.

"초대륙의 유물이 사실이라면 이는 신화라고 알려졌던 아틀란티스의 존재도 증명할 수 있습니다. 아틀란티스가 현재의 남극이었다는 사실을 말이죠."

아틀란티스의 유물이라고 주장하는 이들과 달리 남극 안테나가 외계 구조물일 것이라 주장하는 이들도 존재했다.

"엘타닌 안테나(남극 안테나)는 인간이 접근하기 굉장히 어려운 곳에 있습니다. 마치 인간이 알면 안 되는 듯 말이죠. 엘타닌 안테나가 바로 외계 문명과 신호를 송수신하기 위해 만든 장치이기 때문입니다. 외계 문명이 지구를 감시하고 있다는 의혹을 증명하는 셈이죠."

해면 동물설 vs 외계 구조물

여러 갑론을박이 이어지는 가운데 1971년 지질학자 브루스 히젠은 이러한 주장을 전면 부인하며 남극 안테나는 그저 해면 동물이라 일축했다.

"엘타닌 안테나(편의를 위해 이하 남극 안테나)는 고대 문명의 유물도, 외계 문명의 잔재도 아닙니다. 단순한 지구상의 육식성 해면 동물인 클라도리자 콘크리센스Cladorhiza Concrescence일 뿐이죠. 이를 부인하는 이들에게 묻고 싶습니다. 한 번이라도 고대인이나 외계인을 본 적이 있습니까?"

히젠은 다양한 주장에 날 선 비판을 남겼는데 이를 기다리기라도 한 듯 플로리다 주립대의 해양 생물학자 토마스 홉킨스는 곧장 그의 주장을 반박한다.

"지구상의 어떤 생각도 존중받아야 하니까 어느 한 지질학자의 주장이 틀린 것은 아닙니다. 하지만 그의 주장에는 명백한 세 가지 오류가 존재합니다. 첫째, 엘타닌 안테나는 굉장히 명확하고 뚜렷한 기하학적 특성을 가진 형태입니다. 하지만 클라도리자는 다소 불규칙한 형태를 보이죠. 둘째로 클라도리자는 무성생식을 통해 전식하는 해양생물인데 근처 어디에도 유사한 생물을 찾아볼 수 없습니다. 무성생식을 하는 생물은 모두 일정한 지역 내 군락집단을 형성하는데, 이상하지 않습니까? 마지막으로는 엘타닌 안테나가 있는 깊이를 기억해야 합니다.

바로 해저 4km입니다. 이곳은 해가 도달할 가능성이 전혀 없습니다. 해가 없는 곳에서 해면 동물이 살아남을 수 있겠습니까?"

홉킨스의 조목조목한 반박에 과학계에서는 히젠의 해면 동물설보다는 외계 구조물이라는 주장에 힘이 실리게 된다. 물론 지금까지 누구도 뚜렷한 정답을 찾지 못하였기에 논쟁은 끝나지 않았다.

고대 벽화가 또다시 등장하다

발견으로부터 60년이 지난 오늘날, 남극 안테나는 또다시 화제가 되었다. 바로 미국 유타주 세고 캐니언에서 발견된 고대 벽화 때문이었다. 고대 벽화 속에는 남극 안테나와 굉장히 유사한 형태의 물체가 있었다. 우리가 찾지 못한 어딘가에는 외계 혹은 고대 문명의 것으로 추정되는 안테나가 곳곳에 존재할지 모른다.

투탕카멘 단검

투탕카멘의 피라미드

1922년, 고고학자 하워드 카터는 이집트에서 피라미드 하나를 발견한다. 훗날 고고학의 전설이라 불리게 되는 투탕카멘의 피라미드였다. 누구나 한 번쯤은 투탕카멘을 들어봤을 것이다. 그만큼 이집트 왕국의 역사에서 굉장히 중요한 곳으로 평가 받는 곳이다. 그렇게 카터는 조심스레 피라미드의 내부로 향했다.

피라미드 내부의 첫인상은 생각보다 볼품없었다. 예상외로 작은 규모에 카터의 실망도 잠시, 상태를 확인하자 카터는 함박웃음을 지을 수밖에 없었다. 무덤의 보존 상태는 완벽에 가까웠다. 오히려 작은 규모가 도굴로부터 유물을 안전하게 보호해 주었다.

투탕카멘 피라미드

'내 안식을 방해한 자, 나와 함께 하리라.'

카터는 피라미드라면 으레 적혀 있는 문구를 뒤로한 채 투탕
카멘의 무덤을 발굴하기 시작했다. 고스란히 안치되어 있던 투
탕카멘의 유물 중에서도 유독 눈에 띄는 것이 하나 있었으니 바
로 투탕카멘의 허벅지 부근에 놓여 있던 두 자루의 단검이었다.

두 자루의 단검

　금으로 만들어진 단검 한 자루와 강철로 제련된 또 다른 단검, 총 두 자루의 단검에 카터는 경악했다. 투탕카멘이 안치된 시대는 철제 기술이 도입되기 전인 청동기 시대였기 때문이다. 놀라움은 그뿐만이 아니었다. 이집트 문명의 철기시대는 아주 짧게 지나가 이러한 기술을 가지기란 어려웠을 것으로 추정되며 가장 놀라운 사실은 수천 년이 흐른 지금까지도 철제 단검에서 녹슨 흔적을 전혀 찾을 수 없단 것이었다.

　세월이 흘러 2016년, 투탕카멘 피라미드의 연구진은 X선 형광 분석법을 사용하여 단검의 성분 분석을 시행할 수 있었다. 당시 연구진의 보고 내용을 살펴보자.

투탕카멘의 단검

　'해당 물체는 89%의 철, 11%의 니켈 그리고 소량의 코발트로 구성되어 있다. 철기시대의 일반적인 고대 철검은 니켈 함량이 최대 5%를 넘지 않는다. 즉 투탕카멘의 단검은 지구가 아닌 외계에서 기원한 것으로 판단된다.'

　연구진에 따르면 투탕카멘의 단검은 일반 철광석으로 제작된 게 아닌 우주에서 떨어진 운석을 녹여 만든 것이었다. 철에 니켈 함량이 높으면 높을수록 녹슬지 않는 성질이 강해지기 때문에 투탕카멘의 단검은 오랜 기간 원형에 가까운 형태를 유지할 수 있었고 3,300년이라는 긴 세월 동안 버틸 수 있던 까닭이었다.

운석의 단면

의문은 여전히 남아 있다. 철제 기술이 크게 발전하지 않았던 이집트에서 운석으로 단검을 만들 수 있었을까? 게다가 운석의 경우 절단 시 절단면에 비트만슈테텐 패턴이라는 독특한 직선 교차 패턴이 생겨나는데, 투탕카멘의 단검에서는 그러한 패턴을 찾아볼 수 없었다. 즉, 당시의 기술력으로는 절대 제작할 수 없다는 이야기다.

그렇기에 몇몇 이들은 투탕카멘의 단검이 이집트에서 제작된 게 아닌 외계 기술로 만들어진 외계 유물로 보는 게 맞다는 주장을 펼치고 있다. 진실은 그 누구도 알 수 없지만, 투탕카멘은 단검을 통해 후손에게 무슨 말을 해 주고 싶었던 것일까. 혹여나 무언가를 경고하려던 건 아닐까.

심해에서 지구를 감시 중인 UFO

세계에서 가장 높은 산은 에베레스트다. 그렇다면 세계에서 가장 깊은 심해는 어디일까? 바로 마리아나 해구로 그 깊이가 무려 11,000m에 육박할 만큼 에베레스트를 모두 삼키고도 남을 정도다.

이렇듯 한없이 크고 넓은 망망대해는 아직도 인간이 정복하지 못한 미지의 영역이다. 심지어 우주로 나간 사람보다 심해에 내려가 본 사람의 수가 더 적을 정도니 말이다. 여기서 우리는 아직 인간이 탐사하지 못한 해저에 과연 무엇이 존재하는지 의구심을 가질 수 있었다.

마리아나 해구 심해

발트해 속 UFO

지난 2011년, 스웨덴의 해저탐사팀 오션X가 난파선 작업을 위해 발트해를 나섰다. 그들은 발트해의 수심 100m 지점에서 정체불명의 특이한 물체 하나를 발견하게 된다. 지름 73m에 두께는 약 9m인 거대 물체는 자연물로 치부하기에는 생김새가 매우 인위적이었다.

곧바로 오션X팀은 이 사실을 학계에 보고했고, 언론에 공개하여 대중의 관심을 받게 된다. 많은 관심만큼이나 정체는 미궁으로 빠졌고, 그러던 중 뜻밖의 이야기가 들려온다.

"생김새를 보아하니, UFO가 아닐까요?"

UFO의 추락

미확인 비행체, 즉 UFO는 전 세계 언론으로 퍼져 나갔고 이 물체는 한순간에 전 세계인으로부터 뜨거운 관심을 받게 된다. 이에 오션X팀은 관심에 보답이라도 하는 듯 전문 다이버를 바다에 직접 투입해 2차 탐사를 진행했다.

2차 탐사에 투입되었던 전문 다이버 스테판 호저본은 그때의 일을 회상하면 지금도 놀랍다고 이야기한다. 자세한 내용을 위해 그의 인터뷰를 발췌했다.

발견된 UFO

"우리(전문 다이버 탐사대)가 물체에 접근하자 모든 전자기기가 먹통이 되었습니다. 처음에는 단순한 오작동으로 생각했으나 물체에서부터 약 200m 이상을 벗어나면 다시 정상 작동을 했고 가까워지면 또다시 오작동을 일으켰습니다. 우리는 전자기기가 안 되는 상황 속에서도 탐사를 이어나갔고 이 물체가 UFO인지 무엇인지는 정확히 알 수 없으나, 맨눈으로 확인한 결과 인공물인 것은 확실했습니다. 20여 년 간 바다를 다니면서 이런 물체는 단 한 번도 본 적이 없으니 말이죠."

또한 오션X팀은 다이버가 촬영한 사진과 영상을 분석하던 중 물체의 주변 지형 곳곳에서 검게 그을린 흔적을 발견할 수 있었다.

이를 토대로 해저탐사 전문가 린드버그는 UFO가 추락하면서 지형과 충돌했고, 그에 따라 만들어진 흔적일 수 있다고 주장했다. 그게 아니라면 바닷속에서 그을린 자국이 있을 수 없다고 덧붙였다.

다양한 주장에 따른 UFO의 모습

결국 오션X팀의 계속된 탐사에도 물체의 정체는 알 수 없었고 각국 학자의 주장만 가득할 뿐이다. 지질학자 스티브 웨이너는 물체에 대해 이렇게 설명하였다.

"지질학적으로 절대 형성될 수 없는 구조이며, 겉보기에 암석처럼 보이는 것은 우리가 상상할 수 없을 만큼의 오랜 기간 동안 누적된 퇴적물이 표면을 덮고 있기 때문입니다."

이에 스웨덴에서 해군 장교로 복무하던 앤더스 오텔러스는 스티브 웨이너의 주장에 정면으로 반박했다.

"물체는 제2차 세계대전 당시 독일군이 전파를 교란하기 위해 사용하던 비밀무기입니다. 독일은 이러한 사실을 들통나면 안 되기 때문에 함구하고 있습니다."

그 밖에도 심해에 살고 있던 생물이나 고대 생물이거나 아니면 외계의 존재가 심해에 심어둔 지구의 감시책이거나 그도 아니면 심해의 지적 생명체가 만들어둔 물체일 수도 있다는 주장이 가득하다. 당신은 발트해의 UFO가 무엇이라고 생각하는가?

동굴 속 외계의 흔적

1962년 티베트에서 중국 북경대학교의 고고학 교수 치푸테이와 학생들이 무덤으로 보이는 약 1.3m 정도의 동굴을 발견했고, 흥분을 감추지 못했다. 치푸테이 교수의 고고학적 지식으로 빗대 보았을 때 동굴에는 분명 역사적으로 가치가 있는 무언가가 발견되었기 때문이다.

"교수님, 이게 뭘까요…?"

치푸테이는 학생의 말에 고개를 돌렸고 거기에는 기이한 물건들이 잔뜩 있었다. 신장이 고작 120cm에 불과하였으나 두개골은 비정상적으로 큰 해골 한 구와 정체를 알 수 없는 벽화, 그리고 치푸테이 교수조차 한번도 본 적 없는 상형 문자가 쓰여진 디스크 형태의 돌이 약 716개를 발견한 것이다. 특히 무덤의 벽면에는 다양한 천체 그리고 산과 하늘을 연결해 놓은 듯한 벽화가 가득차 있어 정체를 알 수 없는 이들이 바로 외계인은 아닐까라는 의심마저 들었다.

치푸테이 교수는 곧장 무덤에 대한 조사에 착수했으며, 연구실에 돌아와 유물을 확인해 본 결과, 이 원판이 약 12,000년 전에 만들어진 것으로 판명되었다.

상형 문자가 적힌 원판

원판에는 해석이 불가능한 상형 문자가 쌀알과 같이 작은 크기로 빼곡하게 새겨져 있었는데 치푸테이 교수는 이 점을 눈여겨 보았다. 그는 다른 학자들과 같이 장장 15여 년이라는 세월을 연구한 끝에 이 상형 문자들을 모두 해독하는 데 성공하게 된다.

상형 문자는 바로 외계에서 온 드조파족에 대한 내용이었고, 치푸테이 교수는 이 사실을 전 세계에 공표하기로 결심한다. 이제 남은 건 세상에 이 모든 사실을 공개하는 것 뿐이었지만, 치푸테이 교수의 바람은 이루어질 수 없었다.

치푸테이 교수를 예의주시하고 있던 중국 정부가 북경대학교와 공조하여 공개를 할 수 없도록 조치한 탓이었다. 중국 고

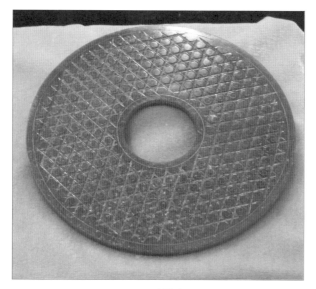

드조파 원판

고학계는 집단적으로 반발하였으나 소용이 없었고 치푸테이 교수는 결국 중국 정부 몰래 자신이 해석한 드조파족에 대한 내용을 언론에 공개했다.

탐험대가 비밀을 밝히다

'지금부터 제가 말하는 사실은 티베트의 한 동굴에서부터 시작한 내용으로, 탐험대가 실제 발견한 것들을 기반으로 작성된 것임을 우선 밝히는 바입니다. 동굴에는 그 어디에서도 볼 수 없던 상형 문자가 존재하였고 우리는 이 상형문자를 15여 년이라는 세월 끝에 모두 해독할 수 있었습니다. 상형 문자를 만든 존재들은 바로 시리우스 성계에서 온 드조파족이며, 청해 지방을 비행하다 추락하기에 이르렀다고 합니다. 그들 사이에 있던 엔지니어는 추락을 겪으며 모두 사망하였고, 결국 그들은 지구에 정착하기에 이릅니다. 그들은 결국 지구에 숨어들어와 지구인과 결혼을 하고 자손을 만들기까지 했습니다.'

치푸테이 교수의 기고문에 세상은 충격에 휩싸이게 된다. 중국 정부의 반대에도 불구하고 외계 생명체의 존재를 공공히 하는 교수의 기고문을 믿지 않을 이가 몇이나 될까? 심지어 치푸테이 교수는 이 기고문으로 인해 중국 당국으로부터 추방까지 됐으니 말이다.

중국판 로즈웰 사건

이 사건을 통해 드조파족은 세간에 중국판 로즈웰 사건으로 불리게 된다. 대중의 의혹이 커져가는 가운데 1947년 작성된 영국의 한 논문이 세상에 공개된다. 이 논문은 놀랍게도 드조파에 관한 내용이 상세히 적혀 있었다.

논문의 저자는 영국의 카를 로빈 에반스 박사로 당시 그는 신기한 문명이 있다는 소식을 접하고 몇몇의 학자와 함께 티베트로 향했다. 히말라야 비얀카산맥에 자리잡은 이곳은 험하기도 험하지만, 영험한 기운이 있다고 전해져 온다. 이에 현지 가이드들은 들어가기를 거부했고 에반스 박사는 가이드 없이 산에 오르게 된다.

험준한 산세에 탐험대는 2명의 대원을 잃었고, 에반스 박사는 결국 하산을 하게 된다. 아무런 소득 없이 산맥을 내려가던 에반스 박사는 헛것이라도 보인 것일까. 그는 황급히 어느 무리를 쫓아가기에 이른다.

드조파족의 정체

그가 쫓아간 무리는 바로 드조파족이었다. 120cm밖에 되지 않는 신장 그리고 도합 12개의 손가락까지 실체 없이 전해 내려오던 드조파족을 마주한 것이다. 그들의 복장은 청나라 시대에 멈춰 있었으며 고대 중국어와 상형 문자를 사용했다. 그렇게 에반스 박사는 약 6개월 간 드조파 마을에 머물며 그들을 연구할 수 있었다. 특히 그들이 주장한 내용은 치푸테이 교수의 기고문과 동일하였다.

드조파족

'우리의 조상은 시리우스 성계에서 출발해 약 12,000년 전
지구에 추락하였다. 우리는 언젠가 다시 시리우스 성계로
돌아갈 예정이다.'

뒤늦게 세상의 조명을 받은 카를 로빈 에반스 박사의 논문은
치푸테이 교수의 기고문과 함께 이슈가 되었으며 결국 드조파
족의 존재를 인정하는 이들 역시 늘어나게 되었다. 과연 그들
은 진짜 시리우스 성계에서 온 외계인일까? 만약 그렇다면 중
국은 왜 그들의 존재를 비밀리에 부쳐 두려한 것일까.

흑기사 위성

우주 전쟁

제2차 세계대전 직후, 미국과 소련을 중심으로 세상은 자본주의와 공산주의로 양분된다. 양국은 각자의 세력을 유지하기 위해 광범위한 분야에서 경쟁을 시작했는데, 그중에서 가장 큰 격전지였던 것이 바로 우주다. 또다시 전쟁의 화마를 입고 싶지 않았던 전 세계는 영토 전쟁을 하기보다는 우주에서의 경쟁을 도모하였고 그 시작을 알린 건 소련의 수상 후르시초프다.

'우리 소비에트 연방 국가는 비로소 전 세계의 패권 경쟁의 최상위에 섰다는 것을 증명할 수 있게 되었다. 바로 인공위성 스푸트니크호를 통해서 말이다.'

1957년 소련은 세계 최초로 인공위성 스푸트니크호를 쏘아 올리는 데 성공하였으며, 이를 전 세계에 대대적으로 홍보하였다. 이에 발등에 불이 떨어진 미국은 황급히 대통령 직속 우주 기구 나사를 창설하게 된다.

'전쟁은 끝이 나고 이제 과학과 기술로만 경쟁을 하는 거니까, 우주 경쟁은 좋은 것 아닌가?'

혹자는 전쟁이 끝난 이 상황을 긍정적으로 여기며 미국의 발빠른 대처를 단순하게 생각했다. 하지만 이면에는 보다 복잡한 국제 정세가 숨겨져 있으니 바로 핵융합 기술이다. 제2차 세계대전을 끝내는 데 상당한 비중을 차지하는 핵융합 기술은 꾸준히 발전을 거듭했고, 핵 기술은 우주 과학 기술에 필수적으로 사용되었다. 즉 우주에서 우위를 점하는 자가 핵융합, 즉 무력에서도 우위를 점하는 셈이다. 그렇기에 서방 국가들은 소련의 진보한 핵미사일 기술에 대비하기 위해 북미항공우주방위사령부를 창설하기에 이른다.

미확인 비행체를 포착하다

1960년 3월, 미 상공을 감시하던 북미항공우주방위사령부의 레이더에 정체불명의 비행체가 포착된다.

"상공 520km에서 극궤도를 따라 움직이는 미확인 비행체가

흑기사 위성

발견되었다. 신속 확인 요망. 다시 한번 전파한다. 상공 520km
에서 극궤도를 따라 움직이는 미확인 비행체가 발견되었다. 신
속 확인 요망."

　우주에 있는 것으로 보이는 미확인 비행체 때문에 북미항공
우주방위사령부는 발칵 뒤집히고 재빨리 분석을 이어갔다.

　분석에 따르면 미확인 비행체는 약 15톤에 달하는 무게를
가진 것으로 추정되었다. 15톤이라는 무게는 말도 안 되는 수
치였다. 당시 지구 최고의 기술력을 가진 소련의 위성도 고작
1톤에 불과했기 때문이다. 게다가 미확인 비행체의 공전 속도
역시 일반적인 위성보다 약 2배 이상 빠르게 돌고 있었으니 미

국의 입장에서는 경악을 금치 못했다. 미국은 이 미확인 비행체를 소련의 소행으로 추정하였고, 비행체는 최초 발견되고 약 3주 후 궤도상에서 갑자기 사라져 버렸다. 황당한 노릇이었지만 미국은 비행체에 대한 조사를 중단하게 된다. 냉전 상태를 유지 중이었기에 소련에 물어볼 수조차 없었기 때문이다.

정체불명의 위성, 블랙 나이트

이후 북미항공우주방위사령부는 이 정체불명의 검은 위성을 블랙 나이트Black Knight, 한국어로 흑기사 위성이라고 명명하고 사건을 종결한다. 하지만 그해 5월, 미국의 〈뉴욕 타임스〉에서 흑기사 위성에 대한 기사가 실리며 미국 전역을 발칵 뒤집어 놓는다.

'미국의 극궤도를 떠돌았던 의문의 위성 블랙나이트. 블랙 나이트는 어디로 갔으며 어디서부터 왔는가?'

익명의 제보자에게 제보를 받은 흑기사 위성에 관련된 기사는 누군가의 폭로로 세상 밖에 나오게 되었지만, 〈뉴욕 타임스〉는 최초 보도를 한 후 약 2주 뒤 정정 보도를 냈다.

'취재 결과 흑기사 위성은 실제 위성이 아닐 가능성이 높았습니다. 우주에 있는 미확인 물체 중에서도 우주 쓰레기일 가능성이 높음으로 2주 전 기사를 정정합니다.'

의아한 일이었다. 〈뉴욕 타임스〉 같이 공신력 있는 언론사에서 굉장히 짧은 기간, 그것도 2주라는 기간 만에 굳이 정정보도를 했다는 것 자체가 무언가 압박이 있다는 것을 반증하는 일이었다. 그렇기에 당시 대중 사이에서는 미 당국이 흑기사 위성에 대한 존재를 숨기기로 결정했다는 게 소문이 돌았다.

흑기사 위성은 외계 문명을 위한 것이다

수년이 지난 1970년, 영국의 우주 항공 전문지 스페이트플라이트에서 또다시 흑기사 위성에 대한 기사가 발간되었다.

'저는 블랙나이트 위성의 암호를 해독하는 데 성공했습니다. 블랙나이트 위성은 굉장히 비정상적이지만 규칙적으로 신호를 보내고 있습니다.
그 신호를 배열하면 일정한 구조가 나타나고, 이를 수신 지연 시간 수평축 패턴으로 바꾸면 별자리 형태가 나타납니다.'

스코틀랜드의 천문학자 던컨 루넌이 기고한 기사는 블랙나이트 위성의 새로운 이야기를 들려주고 있었다.

'나타난 별자리는 지구에서 바라본 목동자리 엡실론 항성계에 있습니다. 만약 블랙나이트 위성이 외계에서 보낸 것이 맞다면 외계는 최소 13,000년 이전부터 지구를 감시하고 있었다는 뜻이 됩니다.
또한 알 수 없는 이유로 지구에서 보이는 목동자리의 형태를 전파 형태의 신호로 바꾸어 어딘가로 지속적인 신호를 보내고 있는 셈입니다.'

던컨 루넌의 말에 학계는 발칵 뒤집힌다. 단순 해프닝으로 끝날 줄 알았던 블랙나이트 위성이 실은 외계 문명의 신호를 받아들이는 위성이었다니 굉장히 놀라운 일이 아닐 수 없었다.

흑기사 위성이 드러나다

1988년에 흑기사 위성은 미국의 우주왕복선 프로젝트 도중 또 한 번 모습을 드러낸다. 3주 만에 자취를 감춘 후 처음으로 모습을 나타낸 흑기사 위성은 약 1분간 촬영도 되었다.
촬영본을 통해 세상에 공개된 흑기사 위성은 이름 특유의 새

까만 모습에 마치 표창 형태의 외계 함선처럼 보였으며, 확대 사진에서는 하얀 불빛이 나타나는 부분도 있었다.

이뿐만이 아니다. 1995년, 흑기사 위성은 또 한 번 발견된다. 시속 25,000km로 날아가던 콜롬비아호의 옆을 지나치는 모습이다.

흑기사 위성은 지속적으로 우리에게 모습을 보여 주고 있으며 학계에서는 흑기사 위성의 다음 출현 시기를 2025년 안으로 예측하고 있다.

흑기사 위성의 정체

흑기사 위성에 대한 미스터리는 아직까지도 정확히 밝혀진 바가 없다. 일각에서는 흑기사 위성을 보며 단순한 우주 쓰레기 혹은 버려진 탐사 위성에 불과하다고 주장하지만, 이를 반박하는 이들은 터무니없는 주장이라고 일갈한다.

"단순한 우주 쓰레기나 버려진 탐사 위성에 불과하다면 어떻게 최초 발견 당시 소련의 우주 기술을 한참을 능가할 수 있었겠습니까?"

프랑크 드레이크 박사가 고안한 드레이크 방정식에 따르면 은하 하나당 지적 생명체의 존재 가능성은 약 2.5개다. 그리고 현재까지 밝혀진 은하의 개수는 1,000억 개를 육박한다.

흑기사 위성은 외계의 지적 생명체가 우리를 감시하기 위해 보낸 고도의 비행체일까? 그도 아니라면 먼 과거 우리 지구에 있던 고도의 문명을 이룩한 선대 인류의 흔적은 아닐까? 확실한 주장이 나오기 전까지는 그 누구도 알지 못할 일이다.

태양 UFO

Unknown mystery

지난 2012년, UFO 전문가이자 미국의 유명 유튜버 Unknown mystery(가명)가 공개한 영상 하나가 세상을 떠들썩하게 뒤집어 놓았다. 태양 관측 위성(SDO)에 포착된 초거대 UFO가 바로 그 주인공이었다.

"이 미확인 비행체의 가장 놀라운 점은 바로 태양 근처에서 에너지를 추출하고 있다는 점입니다. 우주에서 가장 에너지가 밀집된 바로 그 태양에서 말입니다."

Unknown mystery는 출처가 2012년 3월 11일 미항공우주국

나사라고 밝히며 영상을 이어갔다.

태양 주위를 떠도는 UFO

"뜨겁게 활활 타오르는 태양, 그런데 아래쪽에 무언가 이상한 게 보입니다. 구독자 여러분은 혹시 눈치를 채셨나요? 얼핏 보면 티가 나지 않지만 화면 아래쪽을 자세히 주목해 보면 알 수 없는 검고 둥근 물체가 보입니다."

말도 안 되는 이야기였다. 태양에는 그 어떤 물체도 가까이 다가갈 수 없다. 표면 온도가 약 5,500도에 다다르기 때문이다.

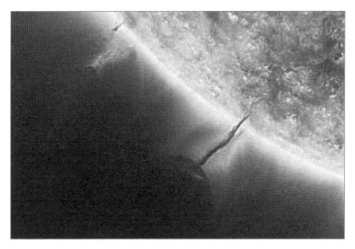

태양 근처에 있는 UFO

그런데 영상을 보면 실제 무언가 검고 둥근 물체가 태양 주위에 머물러 있는 것을 확인할 수 있었다.

"여기서 태양과 UFO 사이를 주목하시길 바랍니다. 이상한 촉수같은 게 보이십니까? 마치 태양으로부터 연료를 공급받는 것마냥 플라즈마를 빨아드리고 있습니다!"

영상은 계속된다. 그러던 중 갑자기 비행체의 움직임에 변화가 일어났다. 마치 살아 있는 것처럼 보이는 이 물체는 로켓 발사 장면처럼 빠른 속도로 태양을 벗어나기 시작했다. 그 모습은 마치 자아를 가진 것처럼 보였다.

이상한 점은 이 UFO가 무려 이틀 동안이나 태양 주변에 머물러 있었다는 것이다. 과학적 상식으로는 설명하기 어려운 일이었다. 더군다나 이 비행체의 크기는 지구의 약 10배로 목성 행성과 맞먹을 정도로 거대한 규모였다. 태양계에서 가장 큰 목성과 맞먹는 크기의 UFO가 말도 안 되는 속도로 움직이는 이 상황을 끝으로 영상은 끝이 난다.

코로나 방출 효과

우리가 주목해야 할 사실은 이 영상이 2012년 3월 11일 나사에서 촬영한 것이라는 점이다. 만약 진정한 UFO라면, 이를 제작한 존재는 인류가 감히 상상할 수 없는 수준의 기술력을 가진 외계 문명일 것이다. 인간의 이해를 벗어난 기이한 현상에 대중은 물론 특히 나사의 연구진까지 다양한 주장이 나왔다.

"이건 UFO가 아닌 정상적인 코로나 방출일 가능성이 매우 높습니다. 태양 내부와 외부와의 온도 차이로 인해 흑색으로 보이는 현상은 누구나 다 아시죠? 이런 매우 드문 현상과 흡사한 모습을 보이는데 어떻게 UFO일 수 있겠습니까?"

몇몇 연구원은 코로나 방출 현상이 포착되었을 뿐이며, UFO와는 거리가 멀다는 주장을 이어나갔고, 또 다른 연구원은 그저 지구 크기의 몇 배에 달하는 거대한 자기폭풍일 것이라고 일축하였다. 하지만 그에 반해 여전히 미확인 비행체라고 주장하는 연구원도 존재했다. 그들이 주장하는 가장 큰 이유는 바로 태양에서 발생하는 자연 현상과는 무관하다는 점이었다.

태양은 천천히 자전하며 움직였지만, 영상 속 그 거대한 촉수는 UFO에 달라붙은 채 꼼짝도 하지 않았다. 둥근 모양 또한 자연 현상으로는 도저히 설명할 수 없는 형체였다.

"이건 분명 자연 현상이 아니야."

연구진 사이에서 이구동성으로 나오는 말이었다. 이런 와중에 미국의 저명한 이론물리학자 나심 하라메인이 파격적인 주장을 내놓았다. 바로 우리의 태양이 외계 UFO가 넘나드는 우주 포털로 사용된다는 것이었다.

"태양의 흑점은 다양한 은하계를 연결하는 일종의 블랙홀 시공간 소용돌이야. 이런 웜홀은 길게는 몇 달간 유지되고 이를 통해 이론적으로 성간 이동이 가능해."

고도로 발달한 외계 문명이 태양을 활용해 손쉽게 은하계를 넘나들고 있다는 말이었다. 그리고 우리가 간혹 발견하는 UFO들이 바로 그 증거라는 것이다. 하지만 한 가지 의문이 남았다. 그렇다면 이렇게 시공간을 초월해 온 UFO들은 태양의 그 엄청난 열기를 어떻게 견딜 수 있단 말인가?

"태양에서 발견되는 UFO들은 우리가 일상에서 경험하는 3차원 물질이 아닐 거야. 분명 5차원 이상의 고차원 물질로 형성되어 있을 텐데, 그렇다면 태양열이 얼마나 뜨겁든 전혀 영향을 받지 않겠지."

이러한 하라메인의 주장은 과학계에 엄청난 파장을 불러일으켰다. 태양 근처 UFO에 대한 논의 자체가 학자들 사이에서 민감한 주제로 다루어지고 있었기 때문이다. 마치 비밀인양 말이다.

학자들 사이에서 우려의 목소리가 나왔다.

"이 이론을 정식으로 받아들인다면 지금까지 우리가 확립해 온 천체물리학이 큰 동요를 겪게 될 것입니다."

하라메인의 주장대로라면 기존의 천문학 이론들이 무너지고 새로운 패러다임의 전환이 불가피해질 테니 말이다. 세간에는 이런 의구심도 존재했다.

"흑점 시공간 이동설이 정말 가능할까요?"

일부 음모론자들은 보다 흥미로운 가설들이 제기되기도 했는데, 그중 가장 파격적인 것이 바로 영상 속 UFO가 태양의 생물체라는 주장이었다.

"저건 단순한 기계 문명이 아니에요. 태양 자체에 깃든 초지능 생명체일 거예요. 그래서 태양의 열기를 아랑곳하지 않고 활보할 수 있는 거죠."

이 가설에 따르면 UFO는 고온 고압에도 생존할 수 있는 해양 무척추동물과 비슷한 존재일 것이라고 한다. 단지 그 서식지가 태양이라는 점만 다를 뿐이었다.

"말도 안 되는 소리잖아요? 어떻게 태양 안에 생명체가 살겠어요?"

하지만 이에 반박하는 이들도 있었다.

"생명체의 개념을 뛰어넘는 존재일 수도 있죠. 5차원 이상의 고등 문명이라면 얼마든지 가능한 일이에요."

논란은 가열되었고, 태양 UFO의 정체는 여전히 미스터리로 남았다. 우주와 생명에 대한 인간의 상상력은 이를 계기로 한층 더 확장될 수 있었다.

UFO는 존재하는가

다시 한번 사진을 확인해 보자. 사진을 자세히 들여다보니 의문의 물체는 딱딱한 고체 우주선이라기보다는 마치 해파리처럼 부드럽고 유기적인 형체였다. 구름형 UFO는 대기에 서식하는 미확인 생물체와 비슷하게 보인다.

2023년, 약 10여 년 만에 다시 한번 등장한 의문의 UFO는 정말 외계 비행체였던 것일까? 아니면 우주 생물체였을까? 그도 아니라면 지구를 보호하기 위해 우주에서 감시 임무를 수행하는 수호자들일 수도 있지는 않을까?

스카이피쉬

날아다니는 괴생명체

지상에 내린 듯 푸르른 대지와 구름 한 점 없는 하늘이 어우러져 있었다. 그리고 그 하늘 높이 기이한 존재가 유영하고 있었다. 마치 지렁이처럼 천천히 몸을 구불리며 공중을 가로지르는 생명체였다.

"저게 뭐지?"

마을 사람들은 하늘을 가리키며 탄성을 내질렀다. 그들은 그것을 '스카이피쉬'라 불렀다. 이 낯선 존재의 정체에 대해서는 아무도 모른 채 수많은 가설만이 떠돌고 있을 뿐이다.

"외계 비행체라는 사람도 있고, 아예 미확인 생명체라고 하는 사람들도 있잖아."

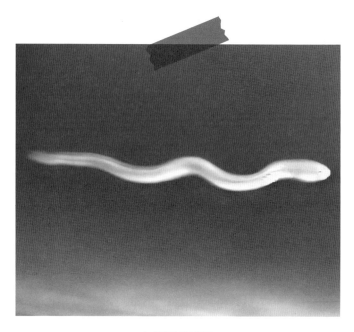

스카이피쉬 상상도

"그럼 UFO인지 UMA인지는 모르는 거야?"

세계 곳곳에서 스카이피쉬가 목격되고 있다는 소문이 들렸다. 그중에서도 가장 유명한 건 2007년 캐나다에서 포착된 영상이었다. 하늘 한가운데 지렁이처럼 꿈틀거리는 물체였다. 관찰자들은 그 움직임이 너무나 생물학적이라 인공물이 아닐 것이라 직감했다. 하지만 그것이 정말 살아 있는 생명체라면 지구상에 어떻게 존재하는 것일까? 수많은 목격담 가운데 인공물이 아니라는 결정적인 증거가 있었으니 바로 알을 낳는 듯한 모습이었다.

"저게 뭐지? 알을 낳은 건가? 변이를 일으킨 건가?"

스카이피쉬에 대한 추측과 가설은 꼬리를 물고 이어졌다. 이 정체불명의 생명체는 인류에게 여전히 큰 수수께끼로 남아 있었다.

"외계인일까? 아니면 차원을 초월한 새로운 생명체일까? 혹은 초지능 우주선일 수도 있어. 아니면 우리가 상상조차 하지 못한 어떤 존재일지도 몰라!"

하늘을 바라보며 저 기이한 생명체의 정체를 두고 열띤 논쟁을 벌였으나 그 누구도 정확한 답을 내놓지는 못했다.

시간이 지날수록 스카이피쉬에 대한 보고는 늘어만 갔다. 세계 곳곳에서 이 신비로운 존재들이 목격되고 있었던 것이다. 과연 그들은 어디에서 와서 어디로 가는 것일까? 어떤 이들은 이를 외계 문명의 첨단 우주선이라 주장했고, 또 다른 이들은 우리가 알지 못하는 차원을 초월한 생명체라고 단정 지었다. 그러나 그 누구도 스카이피쉬의 정체를 정확히 파악하지는 못했다. 연구진 역시 이 신비로운 존재들을 해명하지 못한 채, 오직 추측과 가설만을 내놓을 뿐이었다.

스카이피쉬의 정체

스카이피쉬에 대한 명확한 정체가 밝혀지지 않은 채 스카이피쉬는 전 세계의 하늘에서 또다시 모습을 들어냈다. 특히 영국 체셔 주에서 촬영된 사진 속 그 모습은 분명 구름이나 비행기 흔적이 아니었다. 마치 거대한 뱀이 공중을 유영하는 듯한 형상이었다. 그리고 그 물체는 주변 환경과 달리 밝게 빛나고 있었다.

"처음엔 비행기가 지나간 자국인 줄 알았습니다. 하지만 좀 이상하더고요."

사진 촬영자의 증언에 따르면, 이 스카이피쉬는 천천히 움직이는 주변 구름과는 달리 전혀 흔들림 없이 자신의 형태를 유지한 채 상공을 가로질러 갔다고 한다. 그리고 잠시 후 서서히 어두워지더니 사라져 버렸다.

시공간을 통과하는 생명체

구름이라면 갑자기 사라질리 없고, 주변과 확연히 구분되는 빛나는 모습 역시 설명하기 어려운 부분이었다. 이어서 공개된 사진들은 더욱 기이한 장면을 담고 있었다. 멕시코 포포카테페트산 관측소의 고정 카메라로 포착된 이미지였다.

좌측에서 시작된 두 마리의 꼬불꼬불한 물체가 점점 늘어나더니, 결국 3마리가 대열을 이뤄 우측으로 빠르게 이동했다. 그 과정이 단 0.1초도 채 되지 않는 순간이었다.

"저게 뭐지? 저렇게 빨리 움직이는 벌레가 있나?"

카메라 모니터 속에 찍힌 기이한 물체들의 모습에 관측소 직원들은 의아해했다. 단 0.1초도 되지 않는 짧은 시간 동안 3마리의 꼬불꼬불한 생명체가 빠르게 이동하는 장면이 연이어 포착 되었기 때문이다. 그리고 이 영상을 학계에 보고하자 학계는 다시금 스카이피쉬로 뜨겁게 타올랐다.

"저건 벌레 잔상이 아냐. 저렇게 균일한 모션 블러 현상이 나타날 리가 없어."

"그렇지, 게다가 저렇게 빛나는 벌레는 처음 보는 거 아닌가?"

화산 연기 모양이 거의 변하지 않은 것을 보면 이 물체들이 상상을 초월하는 초고속으로 움직였음을 알 수 있었다. 그리고 5번째 화면에서는 또 다른 물체가 합류하는 모습마저 관측되었다.

"저것들은 분명 우주에서 온 외계 비행체야. 보라고, 화구 쪽에서 나오잖아!"

"설마 하라메인 박사의 이론대로 저 화산이 우주 웜홀이었다는 건가?"

일부 직원들은 이 신비로운 물체들이 화산의 시공간 통로로 우주에서 날아온 UFO일 것이라 추측했다. 그들은 태양 흑점이나 행성 중심부에 있는 블랙홀이 우주와 연결된 웜홀이라는 하라메인 박사의 이론을 떠올렸다. 하지만 다른 이들은 이를 전적으로 부정했다. 그들은 이 물체들이 단지 빠르게 움직이는 벌레들의 잔상, 모션 블러 현상에 불과하다고 주장했다.

"모션 블러라니, 그럴 리가 있나? 저렇게 완벽한 형체를 3마리가 동시에 유지한단 말인가?"

"벌레 몸에서 저렇게 빛이 나? 말이 되는 소리를 해야지."

논란은 팽팽히 대립했다. 일부는 이 기이한 물체들을 외계 문명의 첨단 우주선이라 주장했고, 다른 이들은 단지 벌레의 잔상일 뿐이라고 맞섰다. 심지어는 이것들이 우리가 알지 못하는 대기 생물체일 수도 있다는 가설까지 나왔다. 과연 그 정체는 무엇일까?

스카이피쉬는 첨단 비행체다

한 여성 직원이 다급하게 말했다.

"저건 벌레가 아니에요. 보세요, 저렇게 빛나면서 고속으로 움직이는 벌레 같은 건 없잖아요."

그녀는 화면 속 물체들의 움직임이 너무나 생물학적이라는 점에 주목했다.

"저렇게 유기적으로 꿈틀거리며 방향을 바꾸는 것을 보면, 단순한 기계 장치가 아닌 것 같아요. 그렇다면 분명 살아 있는 생명체겠죠?"

다들 그녀의 말에 경청했다. 실제로 화면 속 물체들은 마치 살아 꿈틀거리는 생명체처럼 보였다. 시시각각 모양을 바꾸며 이리저리 움직이는 유기적인 형상이었다.

"그렇다면 저건 외계 생명체라는 말인가? 아니면 우리가 모르는 신종 대기 생물일까?"

관측소에 새로운 추측들이 쏟아져 나왔다. 어쩌면 이 물체들은 차원을 초월한 생명체일 수도 있고, 우주에서 진화한 미지의 생명 형태일 수도 있다는 것이다.

"어쨌든 저건 지구 생물이 아닌 것 같습니다. 그렇다면 우리가 아는 것 이상의 존재라는 뜻이겠죠."

스카이피쉬의 정체는 여전히 미스터리로 남아 있었다. 하지만 분명한 건 이것들이 지구에서 발견되지 않은 새로운 생명체라는 점이다. 일부에서는 이들이 우주에서 온 외계 문명의 첨단 비행체일 것이라 주장했다. 지구의 기술로는 도저히 만들어낼 수 없는 초고속, 초소형의 우주선이 바로 이 스카이피쉬라는 것이다.

또 다른 이들은 이를 차원을 초월한 생명체일 것이라고 내다봤다. 우리가 살고 있는 3차원 공간을 벗어난 고차원 생명체가 우리 세계에 잠깐 나타난 것뿐이라는 주장이었다. 심지어 이 기이한 물체들 자체가 살아 있는 생명체일 수 있다는 가설까지 나왔다. 그들만의 독특한 방식으로 움직이고 번식하는 우주의 새로운 생명 형태라는 것이다.

스카이피쉬의 정체는 여전히 미스터리로 남아 있지만, 언젠가는 그 실체가 밝혀질 날이 올 것이다. 다음번에 그 기이한 존재들이 나타날 때, 우리는 어떤 모습으로 그들을 마주하게 될까?

출처

1장_시대를 벗어난 기술

14쪽 https://www.worldhistory.org/image/3294/antikythera-mechanism

20쪽 https://commons.wikimedia.org/wiki/File:Nebra_disc_1.jpg

21쪽 https://commons.wikimedia.org/wiki/File:Nebra_solstice_1.jpg

28쪽 https://pxhere.com/ko/photo/1127907

30쪽 https://commons.wikimedia.org/wiki/Phaistos_Disc

32쪽 https://picryl.com/media/phaistosdiskpernier-e2dea8

36쪽 https://ko.wikipedia.org/wiki/바그다드_전지

37쪽 https://commons.wikimedia.org/wiki/File:Pile_de_bagdad.svg

40쪽 https://commons.wikimedia.org/wiki/File:Dendera_Krypta_48_
(cropped).jpg

2장_지구 리셋설

63쪽 https://en.m.wikipedia.org/wiki/File:AdamsBridge02-NASA.jpg

65쪽 https://commons.wikimedia.org/wiki/File:Rama's_bridge.jpg

86쪽 https://en.wikipedia.org/wiki/Misraħ_Għar_il-Kbir

87쪽 https://en.wikipedia.org/wiki/Misraħ_Għar_il-Kbir

109쪽 https://commons.wikimedia.org/wiki/File:Crinoidal_vuggy_chert_(Carboniferous;_limestone_quarry_near_Komsomolske,_southeastern_Ukraine)_-_2.jpg

114쪽 〈The mysterious discovery of 200,000-year-old Oklahoma mosaic〉, mru, 2023

115쪽 〈The mysterious discovery of 200,000-year-old Oklahoma mosaic〉,mru,2023

117쪽 〈The mysterious discovery of 200,000-year-old Oklahoma mosaic〉,mru,2023

121쪽 https://ko.wikipedia.org/wiki/파일:Ottosdal1.jpg

122쪽 https://commons.wikimedia.org/wiki/File:MoquiMarble1.jpg

127쪽 https://www.flickr.com/photos/jsjgeology/36019222933

133쪽 https://commons.wikimedia.org/wiki/File:Nampa_figurine.jpg

157쪽 https://commons.wikimedia.org/wiki/File:Triassic_Shoe_Sole_Fossil.png

3장_외계 문명의 흔적

165쪽 https://ko.wikipedia.org/wiki/엘타닌안테나

166쪽 https://ko.wikipedia.org/wiki/엘타닌안테나

171쪽 https://www.flickr.com/photos/144957155@N06/33425318538/
in/photolist

172쪽 https://commons.wikimedia.org/wiki/File:Kairo_Museum_Eisendol
ch_Tutanchamun_01.jpg

182쪽 https://www.wikidata.org/wiki/Q25137915

188쪽 https://en.wikipedia.org/wiki/Black_Knight_satellite_conspiracy_
theory

195쪽 〈Азербайджанский исследователь: странный объект возле Со
лнца – это НЛО – ФОТО〉, ЭТО ИНТЕРЕСНО, Day.az, 2012

어쩌면 당신이 원했던

미스터리 문명

· I 풀지 못한 문명 ·

펴낸날   초판 1쇄 2024년 8월 30일

지은이   김반월의 미스터리

펴낸이   강진수
편 집   김은숙, 설윤경
디자인   이재원

인 쇄   (주)사피엔스컬쳐

펴낸곳   (주)북스고   **출판등록**   제2024-000055호 2024년 7월 17일
주 소   서울시 서대문구 서소문로 27, 2층 214호
전 화   (02) 6403-0042   **팩 스**   (02) 6499-1053

ⓒ 김반월의 미스터리, 2024

ISBN   979-11-6760-079-0   03800

책 출간을 원하시는 분은 이메일 booksgo@naver.com로 간단한 개요와 취지, 연락처 등을 보내주세요.
Booksgo는 건강하고 행복한 삶을 위한 가치 있는 콘텐츠를 만듭니다.